ANNA STARK

Lebensgeschichten

Erlebtes und Gelebtes
in acht Jahrzehnten

ANNA STARK

Lebensgeschichten

Erlebtes und Gelebtes
in acht Jahrzehnten

Autorin
Anna Stark © 2025

Verlag: BoD · Books on Demand GmbH, Überseering 33,
22297 Hamburg, bod@bod.de
Druck: Libri Plureos GmbH, Friedensallee 273,
22763 Hamburg

ISBN: 978-3-8192-1090-7

Die Deutsche Nationalbibliothek verzeichnet diese Publikation in der
Deutschen Nationalbibliografie;
detaillierte Daten sind im Internet unter www.dnb.de abrufbar.

INHALTSVERZEICHNIS

DAS UNTERBEWUSSTSEIN UND ERINNERUNGEN BLEIBEN

MENSCHEN IN IHRER VIELFALT

SCHICKSALE

Das Unterbewusstsein und Erinnerungen bleiben

Eine Liebe, die nicht stirbt

Ein Hund erinnert sich

In der ungarischen Tiefebene, da, wo sich die Donau entschließt, nach Osten zu fließen, in einem Herrenhaus.

Ich bellte laut, wenn jemand an das eiserne Hoftor kam. Eine Klingel gab es nicht. Ein ungarischer Hütehund muss normalerweise einem Hirten helfen, die Schafe zusammen zu halten. Aber ich musste nur das Haus der Familie, die Stallungen und die Obst- und Gemüseanlagen bewachen.

An einem warmen Sonnentag kam meine Herrin mit einem Korb aus dem Haus. Darin lag ein kleines Menschlein, in Kissen gebettet.

„Josci, das ist unsere kleine Anci. Auf sie musst du nun auch aufpassen." Sie war so klein und süß, mit ihren vielen schwarzen Haaren. Sie wollte ich ganz besonders beschützen. Deshalb schlug ich schon laut Alarm, wenn jemand auch nur in die Nähe des Hoftors kam und sie im Kinderwagen im Hof war.

Wenn sie auf einer Decke im Garten lag, legte ich mich neben sie. Sie streckte ihre Händchen nach mir aus. Als sie schon ein bisschen älter war, kraulte sie mein dichtes, weißes Fell. Ich streckte ihr meine Pfote entgegen. Sie ergriff sie, und oft hielten wir uns beide fest umschlungen. Ich liebte dieses

Menschenkind! Und sie mich auch. Das spürte ich in meinem ganzen Hundekörper, vom Kopf bis in die Spitzen meiner Hinterpfoten.

Als Anci laufen konnte, kam sie schon morgens im Schlafanzug zu mir. Wir balgten und umarmten uns. Mal lag sie auf mir, mal ich auf ihr. Sie fing an, auf mir zu reiten. Es war mein größtes Vergnügen, wenn ich ihr weiches Körperchen auf meinem Rücken spürte.

Eines Tages wurde der jüdische Knecht meiner Herrenleute abgeholt. Er kam nicht wieder. Anci weinte dicke Tränen bei mir, denn er war ihr liebster Menschenfreund gewesen. Ich versuchte, sie in ihrem großen Schmerz zu trösten und leckte ihr die Tränen aus dem Gesicht.

Bald danach merkte ich eine allgemeine Unruhe und Geschäftigkeit im Haus. Koffer wurden in einen Pferdewagen getragen, und Wertsachen wie Porzellan und Silber im Garten vergraben.

Anci kam zu mir, legte sich auf mich und kraulte, wie immer, mein Fell, das sie so liebte und sagte: „Josci, wir müssen von hier fort. Es kommen böse Soldaten. Aber du darfst nicht mit, sagt die Mami, du musst hier alles bewachen."

Wieder liefen dicke Schmerztränen an ihren Wangen hinunter. Auf meine Hundeart weinte ich mit ihr. Wir klammerten uns ein letztes Mal fest aneinander. Ich konnte ihr kleines Herz pochen fühlen. Sie bestimmt auch meines. So lagen wir, bis ihr Opa kam und sie hochhob. Anci schrie laut und strampelte. Ich bellte aus Hundekräften, als wir auseinandergerissen wurden. Großvater gab sie schnell ihrer Mami in die Arme, schwang sich auf den Wagensitz, schnalzte mit der Peitsche, und weg waren sie.

Der Herr des Hauses musste allein flüchten. „Josci," sagte er, „ich geh' nicht zurück zum Militär. Ich muss mich verstecken. Ich schütte den Hof voller Getreide zum Fressen für die Kühe, Gänse und Hühner. Ich lasse sie alle frei. Und du, bewache sie gut. Für dich ist Fleisch in der Remise."

Flux setzte er sich auf sein Pferd, und auch er war weg.

Anci hatte recht. Einige Tage später knallte und krachte es. Wilde Partisanen überfielen das Dorf und schossen auf alles, was ihnen in den Weg kam, auch auf das Hoftor und brachen es auf. Ich bellte, so laut ich konnte und fletschte meine Zähne, als die Horde den Hof und die Tiere mit krachenden Gewehrsalven überrannte. Es half nichts. Ich sah nur noch das hässliche Grinsen eines Partisanen. Plötzlich ein ohrenbetäubender Knall!

Sieben Jahrzehnte später. Es ist Herbst. Jetzt ist ein Polizist in Deutschland mein Herr. Er trinkt gerne neuen Wein. Wir gehen zusammen zu einer Winzerrast.

Da sehe ich sie sitzen. <u>Anci</u>! Sie hat jetzt weiße Haare. Sie schaut mich an. Unsere Blicke treffen sich. Wir schauen uns tief in die Augen. Wir erkennen uns. Anci nimmt meinen Kopf in ihre beiden Hände. Sie krault mein Fell. Es fühlt sich an wie damals. Ein wohliger Schauer durchströmt meinen Körper. Ich spüre, wie auch sie zittert. Unsere Liebe hat uns wieder, wie vor 70 Jahren.

Da höre ich Anci meinen Herrn fragen: „Was ist das für eine Rasse?"

„Ein ungarischer Hütehund, gutmütig und kinderlieb," antwortet er.

Weihnachten 1944

Glatz, Niederschlesien, 24. Dezember 1944

Planwagen nach Planwagen trifft mit Flüchtlingen auf dem großen Rangierbahnhof ein. Es ist
morgens 7 Uhr. Wind peitscht regennass über die
Gleise. Große Kinderaugen schauen aus blassen
Gesichtchen in den dunklen Morgen. Sie fragen
nicht, sie schauen nur.

In einer angespannten Stille, nur durch laute
Anweisungen unterbrochen, wird Wagen für Wagen, Pferd für Pferd, mit den Menschen in Viehwaggons verladen. Die Türen bleiben einen Spalt
breit für die Luftzufuhr geöffnet. Die Lokomotive
mit dem langen Zug dahinter setzt sich dampf-
schnaubend in Bewegung.

„Anica, wir fahren in eine Stadt, die Liegnitz
heißt, und bald fahren wir durch die Stadt Franken-
stein, die einen ganz schiefen Turm hat. Pass nur
auf!" versucht der Großvater wieder einmal seine
Enkelin von ihrer übergroßen Belastung der Flucht
abzulenken. Erheitern geht schon lange nicht mehr.

Am frühen Nachmittag fährt der Zug in Liegnitz
ein. Der Leiter des Flüchtlingstrecks aus Südungarn
ruft einzelne Namen auf und übergibt Namen und
Anschriften von Wirtsleuten, die freiwillig oder
auch gezwungenermaßen Flüchtlinge einquartie-
ren. Anica wird mit Großeltern und Mutter den

Wirtsleuten Ebner zugeordnet.

„Wieviel Personen, drei Erwachsene und ein Kind?" werden sie von Frau Ebner empfangen. Sie schaut die Flüchtlinge, die elf Wochen Fluchtstrapazen mit Hunger, Krankheit und Todesfällen hinter sich haben, neugierig und abschätzend an. Sie schnuppert und rümpft die Nase. „Seid Ihr verlaust? Seit wann habt Ihr Euch nicht mehr gewaschen?" Beschämt schauen die junge Mutter und die Großeltern zu Boden. „Und Kleidung zum Wechseln haben wir auch nicht mehr!" murmelt die Mutter in einem dem Elend trotzenden Stolz.

„Die Pferde und den Wagen könnt Ihr in den Stall stellen. Ich lege Wolldecken aufs Stroh in der Scheune, da können der Großvater und die junge Mutter schlafen. Die Großmutter und die Kleine können mit mir ins Haus kommen, weil Weihnachten ist."

Frau Ebner führt Großmutter und Enkelin eine Holzstiege hinauf und öffnet eine Zimmertür. Auf einem klobigen Dielenfußboden steht wie auf einem Thron ein Bett. „Da steht es: ein Bett!" dachte Anica verzaubert. Monatelang hatten sie und Großmutter kein Bett mehr gesehen. Für Anica erscheint das Bett auf einmal so weit entfernt, so unerreichbar wie ihr seit Oktober unerfüllter Wunsch, endlich wieder in einem Bett zu schlafen. Fast ehrfürchtig, bei jedem Schritt bangend, dass es doch nur ein Traum sein könnte, nähert sie sich an der

Hand ihrer Großmutter der Erfüllung ihres Wunsches.

Fest, an die Brust ihrer Großmutter gekuschelt, fällt Anica am Abend glückselig in einen tiefen Schlaf. Das letzte, das sie wahrgenommen hatte, war deren ihr seit Wochen vertrauter Schweißgeruch.

Frühmorgens, am Weihnachtsmorgen, weckt ein Klopfen an der Haustür die beiden aus dem Schlaf. Dann hören sie, wie sich Schritte ihrem Zimmer nähern. Anicas Herz fängt laut zu pochen an. Die Tür wird aufgerissen, der Wirt tritt ein, macht einen Schritt zur Seite und sagt: „Hier bringe ich Dir Deinen Papa." Anicas Atem stockt, in ihrem Kopf rauscht es. Da steht er wirklich, ihr Papa!

Er war von der ungarischen Armee desertiert, weil er sich weigerte, als sogenannter Volksdeutscher, zur deutschen Wehrmacht zu wechseln.

Anica fliegt auf ihren Vater zu, umklammert ihn wie ein Äffchen, und lässt ihn den ganzen Tag nicht mehr los. Sie hatte ihn, bis tief in ihr Körperchen, vermisst, seit sie im Oktober fliehen mussten. Ihre Mutter kann vor Freude nur fassungslos weinen.

Als der Tag zu Ende geht, muss sich der Vater aus der festen Umklammerung seines Kindes lösen. „Mein kleines Mädchen, du musst jetzt noch einmal tapfer sein. Ich muss euch wieder verlassen, damit sie mich nicht finden. Der Krieg ist bald zu Ende. Dann werden wir wieder zusammen sein."

Er streichelt liebevoll sein Kind und entschwindet mit seinem Pferd in der Nacht. Das Geklapper der Hufe schallt ihnen allen noch lange nach.

Statt in einem Stall, einer Scheune oder in dem Planwagen, durfte Anica nach elf Wochen wieder in einem Bett schlafen und nach ebenso langer Zeit voll sehnsuchtsvoller Angst um ihren Vater, durfte sie sich für einen Tag an ihn schmiegen.

Für Anica blieb dieses Weihnachtsfest, trotz des unbeschreiblichen Elends, das glückseligste ihres Lebens.

Flugzeugbenzin

„Nanni, heute machen wir etwas ganz Schönes!" „O ja, " reagierte ich spontan.

Ich hätte alles mit meinem Vater gemacht, den ich seit fast einem Jahr so vermisst hatte. Der Krieg war zu Ende, und mein Dati wieder bei uns, nachdem er von der Armee desertiert war und sich versteckt halten musste.

Wir gingen vor das Haus. Die Sonne schien von einem strahlend blauen Himmel, Schmetterlinge tanzten vor meiner Nase. Drei Nachbarskinder gingen mit uns. Wir liefen ausgelassen über die saftigen Wiesen, nur Sandalen an den Füßen, die Grashalme kitzelten so schön an den Beinen.

„Wisst Ihr, was wir heute machen?" Mein Vater

wartete keine Antwort von uns ab. „Wir holen Benzin aus einem Flugzeug."

Ich konnte meine Zweifel nicht zu Ende denken, wie das gehen sollte, kannte ich doch Flugzeuge nur in der Luft, und da machten sie mir Angst, ließen mich am ganzen Körper zittern. Jeden Moment konnte eine Bombe aus ihnen fallen.

„Dort drüben liegt es", unterbrach Dati meinen Gedankenstrom. Da sah ich es. Wieder fing ich an zu zittern. Mein Vater sah mich an und verstand sofort. „Es kann uns nichts mehr machen. Es ist abgeschossen worden. Verstehst Du, es ist tot." Zaghaft näherte ich mich an seiner Hand dem Flugzeug. Tatsächlich, es war kaputt.

Die anderen Kinder kletterten lachend auf das Flugzeug. Dann traute ich mich auch. Als ich sah, wie sich Datis Blechkanne mit Flugzeugbenzin füllte, und er sagte, "jetzt hab' ich Feuerzeugbenzin für mindestens 5 Jahre," war ich stolz, an so einer heroischen Expedition teilgenommen zu haben, und ich hatte durch das abgestürzte Flugzeug, über meine bisherige Angst vor Flugzeugen gesiegt

Kindheitserinnerungen
Sonntag

Glockengeläute holt mich Sonntag morgens schwingend aus dem Schlaf. Ich gehe in die große Bauernküche. Mein Vater frühstückt am Tisch: Brot in Milch getunkt. Eigentlich hätte ich auch Hunger, aber ich muss nüchtern bleiben. Ich werde zur Kirche und dort zur Kommunion gehen. Das habe ich so in der Schule gelernt. Meine Mutter und meine Großmutter machen das auch so, aus Gewohnheit.

Mein Vater macht das nicht. „Die Pfaffen sind alle Schmeichler und Lügner," brummelt er. Ich lasse ihn reden. Ich gehe gern in die Kirche, weil es dort so schön ist, und weil ich mein Sonntagskleid und meine weißen, lochgestrickten Kniestrümpfe anziehen darf. Und nicht nur das! Auch frische Unterwäsche nach dem Bad in der Zinkwanne am Samstagabend.

Ach, die Badewanne! Mein Bruder und ich dürfen als erste in das warme, auf dem Herd in einem Kessel erhitzte Wasser steigen, ehe die Erwachsenen nach und nach an der Reihe sind.

Nach der Kirche muss ich das schöne Kleid ausziehen, damit ich es beim Mittagessen nicht bekleckere. Nach dem Essen darf ich es wieder für den Sonntagsspaziergang durch die herrlichen Parkanlagen unseres psychiatrischen Landeskrankenhauses anziehen.

Warum verschlossen?

Als kleines Schulmädchen ging ich an einem großen Haus mit einem verbrettertem, verschlossenem Tor vorbei. „Aber warum ist es verschlossen, mit einem großen Schloss?" überlegte ich. „Ein Schlüssel ist zum Verschließen, Aufschließen, Öffnen, Sehen, was sich dahinter verbirgt, oder um Verbotenes zu sehen?

Niemand sagte mir, was dahinter war. Ich linste durch die Astlöcher des hölzernen Tores. „Ach, was für ein herrlicher, großer Saal mit wunderschöner Deckenmalerei. Ich fragte meinen Vater. Er sagte mir, „das war eine Synagoge."

„Was ist eine Synagoge, weshalb ist sie verschlossen?"

„Es ist eine Kirche für Juden und sie ist verschlossen, weil die Menschen nicht gern daran erinnert werden, was sie Böses getan haben,"

„Was sind Juden?" Als ich drei Jahre alt war, weinte Großvater um unseren Knecht, der jüdischen Glaubens war. „Was haben die Menschen Böses getan?" wollte ich wissen.

Ich las alles, was ich dazu finden konnte, in meinem Lexikon. Ich begann zu begreifen, weshalb verboten, weshalb verschlossen. Ich hatte mir den Schlüssel dazu gewünscht. Nun hatte ich ihn in der Hand. Das Lexikon, der Schlüssel zu meinen vielen Fragen, zu Wissen, Verständnis, zum Hinterfragen.

Ich habe aber auch so oft gehört: „Schlüssel zum Herzen" und denke, „ein Herz braucht man nicht aufzuschließen. Das ist immer offen, nur manchmal verstellt durch Sorgen, zugemüllt durch schlechte Erfahrungen oder auch vereist. Es braucht nur Wärme.

CARE-Pakete

CARE-Paket, das Zauberwort, dessen Inhalte die Erfüllung von Wünschen für Dinge enthielten, die so mancher gar nicht kannte.

Schon allein der Name! Was verbarg sich dahinter? Sorge, Pflege, Fürsorge, Anteilnahme?

War es einfach nur eine Hilfsaktion für die notleidende deutsche Bevölkerung in der amerikanischen Besatzungszone? Vielleicht entsprechen alle Übersetzungen dem, was sich darin verbarg.

Wie dem auch sei, jeder wollte mit solch' einem Paket gesegnet werden.

Wir hatten besonderes Glück. Die Schwester meiner Großmutter war nach Detroit ausgewandert. Unser Care-Paket kam direkt von ihr.

Andächtig, umgeben von den erwartungsvollen Gesichtern der ganzen Familie öffnete mein Vater das erste Paket. Neben Grundnahrungsmitteln und Konserven lag da ein grasgrüner Strickanzug mit langer Hose, Jacke und Mütze für mich. Er war wunderschön. Alle Kinder würden ihn bestaunen. Auch Großmutter freute sich darüber, wusste sie doch gleich, dass ich die grüne Hose auch unter den dicken dunkelblauen Trainingspluderhosen tragen könnte, wenn es sehr kalt werden würde. Und es wurde kalt im Winter 1947/48.

Unter dem Anzug lagen noch viele andere, sorgfältig verpackte kleine Päckchen. Auf dem einen stand:

„Milk Powder". „Also Milchpulver" stellte Vater fest und sagte: „Damit kann man Milch machen, wenn man es in Wasser auflöst." Also musste es sich auch mit Spucke im Mund auflösen wie Brausepulver, dachte ich und probierte es gleich mit einem Kaffeelöffel. „Welch ungeahnter Genuss!" Das Milchpulver wurde zu einem weichen Vanillebrei, den ich mit der Zunge so wunderbar aufschäumen konnte. Ich war überzeugt: "So mussten die Süßigkeiten im Schlaraffenland schmecken."

„Mach weiter, Papa!" Was war in dem gelben Päckchen? „Eggnog" stand drauf. Ich probierte. Es war Eipulver. Auch das entfaltete in meinem Mund ein echtes Ei-Aroma, war aber etwas trocken und langweilig im Vergleich zum Milchpulver.

Dann kamen Kakao und Schokolade zum Vorschein. „Hershey`s" wurde das Simsalabim-Wort für mich. Hershey`s! Schon die Verpackung mit dem silbern sinnlichen Schriftzug ließen mir das Wasser im Mund zusammenlaufen. Ganz vorsichtig, um nicht das Papier zu beschädigen, die Aluminiumfolie wollte ich in voller Größe erhalten, packte ich die Schokolade aus. Auf jeder einzelnen Schokorippe stand noch einmal der verheißungsvolle Name „Hershey`s". Ich steckte die erste Rippe in den Mund. Oh, wie watteweich fühlte sie sich an. Sie füllte meinen ganzen Mundraum fast berauschend mit vollem Kakao-Aroma.

Ich schwor mir: nie mehr würde ich die kratzige, harte, deutsche Nachkriegsschokolade essen.

Menschen in ihrer Vielfalt

Meine Kindmutter

Was ist eine Mutter? Ich finde keine direkte Antwort im Internet, nur die Muttertage der letzten drei Jahre, weiter Mutterschutz, Mutterschaftsgeld, Muttertier, Mutter Teresa. Ich schaue im alten Brockhaus aus der Vorinternetzeit und finde: „Frau, die Kinder geboren hat, daher Gebärmutter, aber auch Sinnbild zärtlicher Fürsorge."

Ja, meine Mutter hat mich geboren, danach gesäugt, oder wie es in der Fachsprache für Menschen heißt, gestillt. Damit war ihr Muttersein erfüllt. Ihre Mutter hatte ihr die gesamte Säuglingspflege ab- bzw. weggenommen. Ob sie vielleicht mal versuchte, mich zu streicheln? Ich weiß es nicht. Sie wurde in fast allem von Ihrer Mutter bevormundet und entmündigt, wie Babypflege, Kochen oder Freizeit mit ihren Freundinnen. Hatten wir Besuch von Verwandten und sie wollte zum allgemeinen Gespräch etwas beitragen, traf sie sofort der missbilligende Blick ihrer Mutter. Sie senkte ihren Kopf, brach mitten im Satz ab und schwieg. Niemand in der Verwandtschaft oder Bekanntschaft sollte ihre leichte Sprachlähmung oder ihr begrenztes Denkvermögen feststellen.

Durch Sauerstoffmangel bei ihrer Zangengeburt war sie leicht geistig behindert. Was für eine Schande für die wohlhabenden Eltern zu der damaligen

Zeit! Ihre ganze Aufmerksamkeit hatten sie ihrer neun Jahre älteren Tochter Apollonia geschenkt, die schön, klug und intelligent war und mit Gesang und Gedichten schon öffentlich auftreten konnte.

Doch plötzlich, meine Mutter war noch kein Jahr alt, traf ihre Eltern ein niederschmetternder Schlag. Apollonia bekam Bauchschmerzen, Fieber und erbrach sich. Bis ihr Vater die Pferde eingespannt hatte und in der Kreisklinik eintraf, war der Blinddarm schon durchgebrochen. Nach dem frühen Tod von zwei Jungen im Babyalter, holte der Tod nun auch noch ihr drittes Kind. Das leicht behinderte, vierte Kind, meine Mutter, war ihnen geblieben.

Dieses Kind wollten sie nun besonders behüten und vor allen Gefahren beschützen. Es sollte sich nicht auf der Gasse bei den anderen Kindern mit Krankheiten anstecken. Sie schickten es deshalb zu den Nonnen, wo Franziska wunderschön sticken und beten lernte, aber Lesen nur stockend, Rechnen kaum.

Als sie 17 Jahre alt war, hielten ihre Eltern nach einem geeigneten Mann für sie Ausschau. Dieser war bald gefunden, gleichaltrig, von mittlerer Bildung, aber mittellos. Seine Eltern hatten ihren Besitz verkauft und waren nach Deutschland gezogen, um dem Führer nah zu sein. Franziskas Erbe sollte der Ausgleich für ihre Behinderung sein.

Drei Jahre nach der glanzvollen Hochzeit mit

500 Gästen wurde ich geboren, der Stolz der Großeltern und Ersatz für ihre verstorbene Tochter
Apollonia. Manchmal stelle ich mir vor, dass meine Mutter mich ab und zu mit ihren ungeschickten
Fingern zu streicheln versuchte. Vielleicht hatte es
ihr aber ihre strenge Mutter verboten. Bei meiner
acht Jahre jüngeren Schwester habe ich jedenfalls
nie gesehen, dass sie das Baby gestreichelt hätte. Sie
selbst wurde andererseits von ihrer Mutter weiter-
hin; wie ein Kind behandelt.

Als ich drei Jahre alt war, mussten wir flüchten.
Wie ein Kind packte meine Mutter vor allem ihren
Schmuck und seidene Kleider ein, aber keine warme Kleidung für die bevorstehende Herbst- und
Winterzeit. Ihr begrenzter Verstand konnte auch
die folgenden Demütigungen, Hunger und Luftan-
griffe nicht verkraften. Diese Belastungen brachen
sich bei ihr in haltlosem Schluchzen und Schrei-
krämpfen Bahn. Ich verkroch mich tief in den
Fluchtwagen und drückte mir ein Kissen fest auf
die Ohren. Nur so konnte ich das durchstehen.

Der Krieg ging zu Ende, ich war jetzt vier Jahre alt. Wir wurden bei einem Pferdehändler einquartiert. Die lauten, hysterischen Schreikrämpfe
meiner Mutter dauerten an. Ich rannte oft verzweifelt aus dem Haus, die Straße hinunter, und meine
Mutter schreiend hinterher. Niemand hielt sie auf.

Ab 1947 wurde sie neurologisch behandelt. Das
half allmählich gegen ihre Schreikrämpfe. Ihr un-

steter Blick und ihr Wackelkopf waren jedoch geblieben.

Ich schämte mich unsagbar für meine Mutter. Als ich aufs Gymnasium kam, schwindelte ich oft und sagte, sie sei meine große Schwester. Das schien mir die geringere Schande als zuzugeben, dass sie meine Mutter war. Sie sah auch noch sehr jung aus, so dass ich dachte, man würde mir das sicher glauben.

Während meiner ganzen Schulzeit war meine Mutter für mich nicht vorhanden. Bezugspersonen für mich waren meine Großeltern und mein Vater. Wie gern hätte ich so eine schöne, intelligente Mutter gehabt wie meine Freundinnen! Als ich zwölf Jahre alt war, beobachtete ich, dass mein Vater eine andere Frau sehr attraktiv fand. Sie erschien mir wie die Erfüllung meines Wunsches nach einer anderen Mutter. Ich flehte meinen Vater an, sich scheiden zu lassen, und diese Frau zu heiraten. Er versuchte mir zu erklären, weshalb er dies nicht könnte. Im Scheidungsfall wären wir Kinder wegen unserer behinderten Mutter, in ein Heim gekommen. Das wollte er auf keinen Fall.

Bei der Abiturfeier steigerte sich dieses Schämen und mein Wunsch nach einer anderen Mutter ins fast Unerträgliche.

Danach studierte ich, heiratete und bekam selbst zwei Kinder und lebte sechzehn Jahre in Berlin. Korrespondiert habe ich während dieser Zeit nur mit Vater und Geschwistern.

Nach dem Tod ihrer Eltern fing meine Mutter an, mich bei meinen Besuchen unbeholfen zu streicheln. Zunehmend versuchte sie auch, nach und nach ihre Gefühle zu zeigen, besonders meinen Kindern gegenüber. Auch in Gesprächen mit Verwandten öffnete sie sich allmählich, und ich begann zu ahnen, wie sehr sie unter der Unterdrückung durch ihre Eltern gelitten haben musste. Sie hatte sich aber nie getraut, sich zu widersetzen. Es war für sie selbstverständlich, ihre Eltern zeitlebens in der Respektsform der zweiten Person Plural anzusprechen. Auch hatte sie in der Klosterschule gelernt: „Du sollst Vater und Mutter ehren."

Einmal erzählte sie mir mit Tränen in den Augen, dass sie, als ich in die Schule gekommen war, mit mir zusammen alles lernen wollte, wie ich im Unterricht. „Schämst Du Dich nicht? Du machst das nicht!" hätte ihre Mutter sie angeherrscht und in die Küche geschickt.

Mein Mitgefühl und Verständnis für meine Mutter, ihre nervlichen Zusammenbrüche und haltlosen psychischen Ausbrüche während meiner Kindheit, waren mit jedem Tag größer geworden. In mir begann eine Liebe zu wachsen, für diese Frau, die mich geboren hatte, und die ihre Gefühle nie hatte äußern dürfen, und erfüllte mich. Diese Liebe erfüllte mich mehr und mehr.

Nach dem Tod meines Vaters beobachtete ich

erfreut, dass sie sich in ihrer Wohnung so frei fühlte, wie nie zuvor in ihrem Leben, wie sie immer selbstbewusster wurde. Als ich keine Anzeichen von Trauer für ihren verstorbenen Mann feststellen konnte, fragte ich sie: Mami, vermisst du deinen Mann gar nicht?" Vielsagend antwortete sie: „Jetzt sagt keiner mehr, dass ich Bier aus dem Keller holen soll."

Leider stürzte sie schon bald auf dem Fliesenfußboden ihrer Diele, hatte einen Oberschenkelhalsbruch und selbst nach langer Reha blieb sie gehbehindert. Mein jüngerer Bruder hatte den gesamten Bauernhof bekommen und hätte laut Übergabevertrag die häusliche Pflege für unsere Mutter übernehmen müssen, aber seine Frau wollte das für ihre behinderte Schwiegermutter nicht leisten.

Mein Mitleid und meine Liebe für diese nun auch noch körperlich behinderte Mutter waren inzwischen so sehr gewachsen, dass ich sie eines Tages kurz entschlossen zur Betreuung in unser Haus mitnahm. Ich wurde nun zur Mutter meiner Mutter, meiner immer dankbareren Kindmutter.

Mir war im Laufe der Zeit immer bewusster geworden, wie sehr mich allein das Vorhandensein genau dieser Mutter geformt hatte. In der Rückschau erkannte ich, dass meine Mutter immer stolz auf mich gewesen war. Sie hatte mich nie kritisiert, alles, was ich machte, bewunderte sie. Sie hat mich bestimmt auch sehr geliebt. Sie durfte es aber, solange ihre Eltern noch lebten, nie zeigen.

Wenn sie in der Nähe unseres Hauses mit ihrem Rollator spazieren ging, fragte sie oft die Menschen, die ihr begegneten, erwartungsvoll. "Kennen Sie meine Tochter?" und erzählte mir hinterher freudestrahlend, wie viele Menschen mich kennen und sie war stolz auf mich.

Ich bin dankbar für diese Mutter, auch wenn ich erst in der Mitte meines Lebens und im täglichen Zusammensein mit ihr, erkannte, dass sie genau die richtige Mutter für mich gewesen war. Ich hatte weder Tadel noch Kritik oder gar Strafe gebraucht, und durch sie, meine behinderte Mutter, wuchs unbewusst in mir meine vorbehaltlose Empathie für alle Menschen, besonders für die Benachteiligten.

Sie hat nie von ihrem Stolz auf mich und ihrer Liebe zu mir gesprochen. Trotzdem haben mich diese geprägt.

Mein Großvater

„Jó éj szaka, und das Licht war aus" ist nur eine Begebenheit aus dem Leben meines Großvaters, von denen er mir sehr viele erzählte. Es war die Geschichte wie er In einem Hotel in Budapest die elektrische Lampe mit seinem Hausschuh ausschlug, da er, als Bauer vom Land, sich nicht anders zu helfen wusste.

Opa Franz war der Vater meiner Mutter. Er war nicht gerade ein Adonis der Männerwelt, eher klein, kurz von Gestalt, rundlich, das stets rote Gesicht unter einem raspelkurzen Haarschnitt.

Die Nachbarn und die Mitmenschen, die ihn kannten, schätzten ihn sehr. Nicht so mein Vater, dessen mitfühlendes, zur Nachgiebigkeit neigendes Wesen nicht seinem Idealbild eines Schwiegersohnes entsprach.

Er war der Patriarch unserer Großfamilie, der für mich immer Zeit hatte und mir vieles zu erzählen wusste. Ich konnte fühlen, dass ich für ihn der Ersatz für seine mit neun Jahren verstorbene Tochter war. Auch wenn er anderen Menschen gegenüber oft sehr schroff und direkt sein konnte, besonders meinem Vater, strengte ich mich an, so zu sein, wie er mich gerne hatte.

Der erste Corona-Frühling

Ich sehe sie beide schon von weitem sitzen, dort oben in dem achteckigen Bussierhäusel, ein aus dünnen, geschliffenen Baumstämmen, wie ziseliert, gezimmerter Pavillon.

Er lehnt sich an die halbhohe Rückwand der darin umlaufenden Bank. Sie schmiegt sich von der Seite an ihn, ihre Beine quer über seine Oberschenkel ausgestreckt, und genießt, wie er zärtlich ihre Beine streichelt, von der Hüfte bis zum Knie und weich wieder zurück.

Ich setze mich, von den beiden unbemerkt, außerhalb des Häuschens auf eine Bank. Meine Augen schweifen im Halbkreis ins Tal. Seltsam, wie unbeschreiblich schön die Natur dieses Jahr ist. Alle Obstbäume blühen gleichzeitig und in den Vorgärten die Frühlingsblumen in bunter Farbenpracht, rote Tulpen, blaue Hyazinthen, rosa Magnolien und gelbe Forsythien. Über mir ein strahlend blauer Himmel! Mir kommt es vor, als ob die Natur erleichtert aufatmet und sich entfaltet, weil dieser kleine, aber ungeheuer starke Virus Corona unsere sonstige Hektik und Geschäftigkeit ausbremst.

Meine Gedanken gehen fünfmal zehn Jahre zurück. Eng umschlungen saßen auch wir beide, mein Verlobter und ich, dort drinnen in dem romantischen Bussierhäusel. Die Welt um uns war so friedlich und frühlingslau wie heute. Ich schmiegte mich unter seine schwarze Lederjacke, wie um in ihn, bis tief drinnen, hineinzukriechen.

„Ja, nur wir zwei hier, ganz allein" unterbricht die Stimme des Mannes meine Gedanken. Er nimmt seine Frau liebevoll in den Arm, „und wenn ich auf die Autobahn hinunterschaue und nur wenige Autos sehe, und sie kaum noch höre, kommt es mir vor, als ob die Welt den Atem anhielte. Auch die Kühltürme des Atomkraftwerks sehen im leichten Nebel nicht so bedrohlich aus wie sonst. Und dort drüben auf dem Berg leuchtet das Dach der Wallfahrtskapelle so strahlend, als ob es uns mit seinem Glanz zum Triumph über den bedrohlichen, unsichtbaren Erreger ermutigen wollte."

Kann dieser mir unbekannte Mensch meine Gedanken lesen?

„Stimmt, Liebling! Aber weißt Du, was mir Angst macht?" höre ich dann die Frau sagen: „Schau mal auf das Hinweisschild dort drüben. Wir waren fast grenzenlos mit unseren Freunden in den Partnerstädten in Frankreich, den USA, Polen und Portugal verbunden. Und nun sind die Grenzen wegen der Kontaktsperre dicht, und wir können selbst unsere Kinder in Porto und Krakau nicht besuchen. Das tut mir einfach weh. Und überall sterben Tausende von Menschen. Ärzte und medizinisches Personal kämpfen oft vergeblich um Menschenleben. Ich habe einfach Angst."

Ich sehe, wie er zärtlich ihren Kopf in beide Hände nimmt, sich ihrem Mund nähert, sie innig küsst und tröstend sagt: „Solange wir uns haben, kann so ein Virus uns nicht wirklich zerstören. Wie sagte Ernest Heminway: „A man can be destroyed, but never defeated."

„Ja, stimmt", pflichte ich ihm gedanklich bei und erinnere mich, dass mein Mann und ich uns das auch sagten, als wir damals beschlossen, unser gemeinsames Leben in dem durch die deutsche Teilung bedrohten Berlin zu verbringen.

Die Frau dort oben kuschelt sich wieder an die Brust ihres Mannes.

Ich schaue in die Ferne und sehe im Westen die nun in dichten Nebel gehüllten Kühltürme des Atomkraftwerks. Wieder gehen meine Gedanken in die Vergangenheit. Vor zehn Jahren, als mein Mann noch lebte, saßen wir in Frankfurt am Flughafen fest und konnten unsere Freunde in Chicago nicht besuchen. Unser Flug war plötzlich storniert worden, nicht wegen Nebel, wie ich ihn dort drüben sehe. Nein, es war wegen der gewaltigen Wolkenschwaden von Vulkanasche, die von Island her den Himmel verfinsterten. Der Vulkan mit dem unaussprechlichen Namen Eyjafjallajökull war unter einem riesigen Gletscher von 1500 m Höhe ausgebrochen und hatte Asche mit dem darüber liegenden Eis in die Luft geschleudert. Es war das totale Chaos, 100 000 Flüge fielen aus. Die Flugzeuge standen am Boden, genau wie jetzt. Vor 10 Jahren war es der Vulkanausbruch, heute ist es der Ausbruch der Pandemie Corona, der die Menschen zum Innehalten zwingt.

Ich war damals sehr enttäuscht und traurig, dass wir wieder nach Hause fahren mussten. Mein Mann aber nahm mich tröstend in seine Arme und sagte: „Solange wir uns haben, können uns solche Dinge nicht wirklich etwas anhaben."

Nun haben wir uns nicht mehr. Ich stehe auf, und werde nach Hause gehen.

Ich drehe mich um und schaue wieder hinauf zu dem Paar im Häuschen.

Sie halten sich fest umschlungen.

Cocktail Party mit Berliner Prominenz und dem Regierenden Bürgermeister Willy Brand

Als Dolmetscherin des Flughafenkommandanten in Berlin-Tempelhof

Festlich leuchtende Kandelaber und duftende Blumenarrangements empfingen mich im Foyer der Villa „Im Dol". Mein Chef, der amerikanische Flughafenkommandant, Colonel Kenney, kam mit einem Glas Sekt auf mich zu. Die ersten Gäste wurden bereits hereingebeten. Noch etwas unsicher, es war mein erster Einsatz mit so viel Prominenz, versuchte ich, mich immer einsatzbereit in der Nähe meines Chefs aufzuhalten. Unter seinem mich beruhigenden Blick stellte ich ihm die Bezirksbürgermeister von Tempelhof, Kreuzberg, Charlottenburg und Neukölln und auch verschiedene Industriebosse dieser Stadtteile vor. Doch das Defilee erreichte seinen Höhepunkt als der Regierende Bürgermeister Willy Brandt in dieser vornehmen, eleganten Gesellschaft empfangen wurde. Wie zwei vertraute Freunde begrüßten sich Gast und Gastgeber in Englisch. Dolmetschen war für mich nicht nötig.

Ich war sofort von Willy Brandts Charme überwältigt und stellte mir vor, wie neidisch meine Freundinnen zu Hause sein würden, wenn ich ihnen das erzählte, und dass er mir warm die Hand gedrückt hatte. Aber es war keine Zeit meinen Gedanken oder Gefühlen nachzuhängen. Ich hatte eine klare Aufgabe. Ich musste darauf achten, wo ich überall zum Übersetzen gebraucht wurde.

Plötzlich, als ich einen Gesprächsbeitrag der Frau des Stellvertrenden Flughafenkommandanten übersetzt hatte, fühlte ich weich eine Hand an meinem Ellenbogen. Es war Willy Brandt. Er flüsterte mir ins Ohr: „Ein kleiner Tipp: in diesen Kreisen heißt es nicht „die Frau des Vice-Commanders sondern die Gattin." Ich drehte mich um. Er schaute mir, charmant lächelnd, in die Augen. Mir wurde glühend heiß, und gleichzeitig durchwogte ein welliger Schauer meinen ganzen Körper. Er hatte erkannt, dass ich mich zum ersten Mal in derart gehobenen Gesellschaftskreisen bewegte. Er war tatsächlich der „Womanizer", wie er oft in den Klatschspalten von Illustrierten genannt wurde.

Diese Begegnung hielt mich für den Rest des Abends wie in einem wunderschönen Taumel gefangen. Ich nahm alles nur wie von weitem wahr und merkte gleichzeitig, dass ich beruflich zu Hochform auflief.

Gegen 22 Uhr, wie als Zeitbegrenzung auf der Einladung angegeben war, verabschiedeten sich die ersten Gäste. Eine halbe Stunde später öffnete mir der Chauffeur meines Chefs galant die Autotür, und ich ließ mich, von den vielen Eindrücken berauscht

und den verschiedenen Gesprächen nachhängend,
wie eine Königin nach Hause chauffieren.

Die Welt trauert um Günter Grass

„Die Glut ist erloschen"

Lese ich im Nachruf einer Tageszeitung.

Was heißt schon „die Welt"? Die Gesamtheit der Menschen? Die Literaten? Die Literatur-Professoren? Die wissenschaftlich Sezierenden, die Günters geradlinige Kritik zu analysieren versuchten?

„Die Glut ist erloschen!" Das ist es. Das trifft mich. Seine Glut, die an einem Sommertag im Jahr nach der Wende meinen Körper durchströmte, mich erwärmte und in einen taumelnden Rausch versetzte.

Wir hatten uns nach einer Lesung seiner Erzählung „Unkenrufe" kurz in die Augen geschaut. Er fragte mich nach meinem Namen für die Widmung in seinem Buch. Er schrieb „Siri, morgen um fünf Uhr am Strand von Sierksdorf?"

Ich ging hin. Er kam. Wir setzten uns in den Sand und schauten auf das Meer hinaus. „Wie empfindest du die deutsche Wiedervereinigung?" fragte er völlig unvermittelt. Wir redeten und redeten, zwei Geschwister im Denken.

Plötzlich lehnte er sich zurück und sagte: „Schau Siri, dort oben findest Du die ewige Wahrheit." Ich legte mich neben ihn. Er legte seine Pfeife auf die Seite und umschlang mich. Ich spürte seinen warmen, kraftvollen Körper und schaute in seine tiefgründigen, schwarzen Augen. So lagen wir, aneinander geschmiegt, eine ganze Weile. Unser Atem mischte sich. Genüsslich sogen wir unsere Körperdüfte wohltuend ein.

Doch so plötzlich wie sich Günter hingelegt hatte, schnellte er auf und sagte: "Hab Dank für diesen für mich so unvergesslichen Nachmittag. Frauen wie Dich habe ich nur wenige kennengelernt. Adieu, Du junge, intelligente, schöne Siri. Eine letzte Umarmung, er drehte sich um und ging bedächtigen, wiegenden Schrittes in die Stadt.

Ich habe Günter nicht wieder getroffen. Doch die Begegnung mit ihm war von einer geistig und körperlich bebenden Intimität, wie ich sie nie wieder erlebt hab.

Für Dich: Liebe, Sonne, Rose
(zur goldenen Hochzeit)

Drei Worte nur. Für uns, unser Leben, für alles, was wir haben und uns wünschen.

Ich sah dich im hellen Sonnenschein. Dein lichtdurchflutetes Haar glänzte mit der Sonne um die Wette. Der säuselnde Wind erfasste Deine goldblonde Seitenlocke und verdeckte, nein, verstärkte das Meerblau deiner Augen.

Ich sah in die tiefblaue See dieser Augen, fasste zaghaft nach Deiner Hand. Du schautest mich an. Wie ein Feuerstrahl entzündete sich bei diesem Blick unsere Liebe füreinander.

Liebe, die unserer beiden Leben lang uns durchflutete, wärmte, trug, uns in Geborgenheit umfing. Unsere Liebe flammte damals auf, durchzuckte mich und brannte weiter.

Und heute, nach so vielen Zeiten der Liebe ist sie für mich wie eine Rose. Die Flamme von damals war die Knospe, erblühte zu voller Schönheit, Farbe und Intensität und versprüht jeden Tag ihren uns berauschenden Duft. Sie wird jeden Tag voller und vollkommener.

Eine Liebe im Herbst

Es ist einer dieser zwischenjahreszeitlichen Sonntage. Die Sonne hat es noch nicht ganz geschafft, die Wolkendecke zu durchbrechen. Ich möchte noch Sommer atmen, meine Melancholie über den sich anbahnenden Herbst aus mir ausatmen.

Ich schlendere gedankenverloren durch den leicht feucht ausdünstenden Wald. Ein Sonnenstrahl bricht durch das schon schüttere Laub der Bäume. Da sehe ich ihn.

Ein Mann! geerdet am Fuße eines riesigen Baumes, dessen Wurzeln sich bizarr und weit verzweigt in den moosigen Waldboden gegraben haben. Der Baum beschützt ihn mit seinem, wie von einer Elefantenhaut überzogenen, Stamm. Er überträgt seine jahrhundertealte Erfahrungsweisheit auf ihn. Er schaut entspannt mit von einem Sonnenstrahl beleuchteten Blick, wie in die Zukunft, weit in den Himmel.

Ich halte etwas entfernt von ihm inne. Ich beobachte ihn und möchte fühlen, weshalb er gerade hier so allein, und doch so entspannt in die Ferne schaut. Der Wald umhüllt uns beide, umgibt uns wie ein weicher, warmer Mantel.

Ich nähere mich ihm mit zaghaften Schritten. Es ist still, waldesstill, nur die Blätter rascheln leise unter meinen Füßen.

Er blickt auf, lächelt mir zu. Ich setze mich schweigend neben ihn. Auf den kräftigen Baumwurzeln ist für mich auch noch Platz. Er legt seinen Arm um mich. Ich wünsche mir, Ewigkeiten so zu sitzen.

Es beginnt eine Liebe mit dem Reiz der Unendlichkeit.

Der Mann am Nebentisch

Ist er eine Skulptur
oder ist er wirklich ein lebender Mensch?

Bewegungslos sitzt der mit einem schwarzen
Polo gekleidete, eigentlich interessant aussehende
Mann breitbeinig am Tisch, eine schwarze Strickjacke lässig um die Schulter geschlungen. Sein Gesicht
ist im Profil fast klassisch männlich, die Haut leicht
gebräunt, von grau meliertem Haar umkränzt. Ist
er ein Südländer, war er im Urlaub im Süden oder
geht er regelmäßig ins Bräunungsstudio? Doch,
was macht er mit seiner rechten Hand? Weich, regelmäßig, man könnte fast sagen „streichelt" er sein
Smartphone. Er möchte ihm so viele Geheimnisse
entlocken, aber weshalb ist sein Mund dabei so ver-
kniffen? Von den Lippenwinkeln graben sich tiefe
Gefühlsfalten schräg in Richtung seiner schön ge-
formten Ohren.

Die Frau in mir beginnt zu träumen. Aber weg
da, ihr verführerischen Gedanken. Er ist sicher ein
Geschäftsmann, vergleicht die letzten Börsenkurse
nach dem EZB-Beschluss. Er hat bestimmt keine
Zeit für romantische Gefühle, die sein Aussehen
provoziert. Säße er sonst allein hier, sein Smartphone streichelnd?

Doch jetzt kommt Bewegung in die Szene. Die

Bedienung serviert ihm eine wagenradgroße, mit roter Serviette garnierte Pizza und dazu ein großes, männliches Bier. Mit vollen Backen macht er der Pizza den Garaus.

Na ja, denke ich, vielleicht ist er doch genussfähig!

Der beobachtende Nachbar

Gemächlich steuert er seine Limousine der oberen Preisklasse durch das Wohngebiet gleicher Klasse. Nur nicht schneller fahren als die erlaubten 30 Stundenkilometer, wie sie das Verkehrsschild vorschreibt.

„Sind das nicht Mira und Bernhard?" fragt er sich als er an dem „Hand in Hand" schlendernden Paar vorbeifährt.

„Jetzt muss ich aber doch etwas Gas geben. Ich muss in der Garage sein, bevor sie in unsere Straße einbiegen. Und dann schnell ins Haus. Ich muss sie vom Essplatz aus hinter den Schiebegardinen beobachten. Wie gut, dass ich immer einen Spalt offenlasse," setzt er sein Selbstgespräch fort.

Da biegen sie auch schon um die Ecke. „Ist der aber schlecht zu Fuß. Ja, das Alter! Komisch, sie ist doch genauso alt wie er. Und, wie schon vor 30 Jahren fällt ihr Blondhaar, jetzt allerdings gefärbt, in großen Barocklocken auf ihren im Schritt wippenden Körper."

„O, nun muss ich etwas weiter zurücktreten, sonst können sie mich sehen.

„Nur nicht gesehen werden oder sich beim Sehen ertappen lassen.

Aber ich will alles sehen, will die Vorübergehenden sehen."

Manchmal unterbricht er sogar sein Essen, damit er richtig beobachten kann.

Den großen Garten hat er mit Thujabäumen eingezäunt. Sie sind so dicht und hoch, dass ihn die Nachbarn nicht einmal von ihrem Obergeschoss aus sehen können.

Dass seine Frau sich wegen des grauenhaften Geruchs der Hecke, wie auf dem Friedhof fühlt, hat sie ihm zwar schon oft gesagt, aber er wäre nie ihrem Wunsch nachgekommen, sie kürzen oder gar entfernen zu lassen. „Sie wird sich schon daran gewöhnen oder gewöhnen müssen." Dass sie ihn bei einer Thujahöhe von 3 Metern verlassen wird, war für ihn bis dahin einfach undenkbar.

Diese geschosshohe und gepflegt dichte Hecke hielt zwar die ihm verhassten Einblicke der Nachbarn fern, aber, wenn er sie mit beiden Händen, die Kraft der Oberarme zu Hilfe nehmend, auseinanderbog, hatte er die besten Ausblicke und konnte beobachten, was der Nachbar alles falsch machte: „Die Blumen mit Sieb von oben in der Sonne gießen, schockt sie. Das ist so, wie wenn ich mich in der Sonne unter die Gartendusche stellen würde," sinniert er.

Jetzt lebt er allein in dem Haus. und ist glücklich, dass er sich abends allein, ohne schlechtes Gewissen, unter seinem überdachten Freisitz verkriechen kann.

Seine Frau jedoch liebte den freien Blick von

der Südterrasse in den herrlich, großen Garten und freute sich, wenn sie dem, seine Geranien gießenden Nachbarn, zuwinken konnte.

Urlaubsfahrt
einer jungen Familie

Vater kennt viel von der Welt, interessiert sich auch für Vieles. Er möchte seinen Vorschulkindern Berge und Meer zeigen, die sie nur aus Tip-Toy-Bilderbüchern oder vom Hören ihrer Toni-Figuren kennen.

Mutter dagegen würde die heimische Umgebung genügen. Sie könnte auch zuhause urlauben.

Der Kofferraum des SUV wird durch eine Gepäckbox auf dem Dach noch vergrößert. Die riesigen Plastik-Schwimmtiere für den kleinen Pool am gemieteten Haus und die Strandmuschel zum Einsatz am Meer brauchen Platz. Nicht zu vergessen die mannigfaltige Garderobe für Mutter und Tochter. Man will sich ja schließlich zeigen im Urlaub!

Eine Stunde nach der ursprünglich geplanten Abfahrt wird das Unternehmen gestartet. Gespannt auf das erste Reiseabenteuer mit seiner Familie biegt Vater auf die Autobahn.

„Halt an!" befiehlt da Mama, „Ich habe mein Schlafkissen vergessen!" Anhalten auf der Autobahn geht nicht, also bei der nächsten Ausfahrt umdrehen und das Kissen holen. Eine weitere Stunde Verspätung der Abfahrt!

Drei Stunden lang schauen die Kinder interessiert in die vorbeifliegende Landschaft und Mama auf ihr I-Phone. Dann wollen die Kinder auch lieber auf einen Bildschirm als auf die Landschaft und einen träge dahinfließenden Autobahnverkehr schauen. Wie gut, dass es Mattel-Filme mit schrillem, möglicherweise das Trommelfell schädigendem Gekreische gibt!

Insgesamt vier Stunden später als geplant, wird endlich das nette Hotel in den Dolomiten erreicht.

Aber das Abendessen für die Hotelgäste ist vorbei. Man muss sich mit einem kleinen Imbiss „A la carte" begnügen.

Herrlicher Sonnenschein lockt die Familie am nächsten Tag zu einer Seilbahnfahrt hinauf in die Bergwelt, wie sie die Kinder aus den Heidi-Filmen kennen. Aber Mama hat Höhenangst. Schließlich siegt aber die Überredungskunst von Papa und den Kindern. Mama kauert sich in der geschlossenen

Gondel auf den Boden, damit sie auf keinen Fall in die Versuchung kommt, nach unten zu schauen.

Oben angekommen, breitet sich eine wunderbare Abenteuer- und Entdeckungswelt für die Kinder vor ihnen aus. Die Attraktion ist ein kleiner, flacher See, auf dem sich die Kinder anhand von zwei Seilen, auf einem Floß, von einem Ufer an das andere ziehen können.

„Die Kinder allein auf dem dreißig Zentimeter tiefen See, das geht nicht," denkt Mama und steigt mit auf das Floß. Dieses jedoch, aufgrund einseitiger Belastung, kentert, und Mama mitsamt Kinderflößern steht im knietiefen Wasser. Die Temperatur in zweitausend Metern Höhe ist, selbst im August, nicht gerade sommerlich. Alle drei Gekenterten frieren immer erbärmlicher in ihren nassen Schuhen und Strümpfen.

So schön die Berggipfel und Almen ringsum auch sind, es muss die Rückfahrt zum sommerwarmen Hotel, zu trockener Beinbekleidung angetreten werden. Mama befürchtet eine Blasenentzündung oder zumindest einen Schnupfen.

Sie verbringt den Rest des Tages, schlafenderweise mit den Kindern oder Filme auf ihrem I-Pad schauend, im Bett. Papa zieht die Hotelsauna vor.

Der Tag darauf bringt sie alle nach langer, mit vielen Staus beladener Fahrt, in das gemietete Haus in der Toskana. Nach Ausschlafen und einem ergiebigen Frühstück lädt der Swimmingpool Papa und die Kinder zum Baden ein. Mama zieht Lesen im Schatten eines riesigen Baumes, auf einer Liege, vor.

So vergeht ein Tag nach dem anderen. Die Kunstschätze der Toskana und ihre herrliche Landschaft bleiben unbesehen und unbewundert.

Aber die Familie wollte ja ursprünglich auch ans Meer. Das aufgeblasene Krokodil und der Dinosaurier müssen jedoch im Pool bleiben. Mit Strandmuschel ausgestattet, machen sie sich zuversichtlich auf zur Fahrt ans Meer.

Mama kann ihr I-Phone nicht ungeöffnet liegen lassen und scrollt auf ihm rauf und runter, bis langsam Übelkeit in ihr hochsteigt. Zeitgleich regt sich Unmut bei ihrem Ehemann über Mamas I-Phone-Besessenheit.

„Ich wusste nicht, dass die Toskana so hügelig und kurvenreich ist," versucht sie beschwichtigend ihren Gatten zu besänftigen, als schon die kleine Tochter ruft: „Papa, halt an, mir ist auch schlecht!"

Bis der Papa das Auto zum Halten bringt, hat sie schon ihren Kindersitz, die Rückenlehne des Vordersitzes und die Fußmatten mit dem Mageninhalt von Frühstück und Abendessen des Vortages übelriechend dekoriert.

Es hilft nichts. Sie müssen umkehren und zuhause das Wageninnere waschen und trocknen.

Vater und Sohn holen am Folgetag die Fahrt ans Meer nach.

SCHICKSALE

Sie hielt es im Kopf
nicht mehr aus

Da lag sie nun, 53 Jahre alt, Mutter von vier erwachsenen Kindern, auf der Intensivstation des Universitätsklinikums.

Infusionsschläuche pumpten Rettungsflüssigkeiten in ihren bis zu den Brüsten entblößten Körper. Ihr meistens von Alkohol und Zigaretten rot gezeichnetes Gesicht war nun bleich und seltsam entspannt. Ich berührte ihren nackten Oberkörper, der vom Arbeiten im Garten leicht gebräunt war.

Vor mehr als 30 Jahren war sie eine attraktive, fast rassige, dunkelhaarige Schönheit gewesen, die zweimal zur Weinprinzessin gewählt worden war, umschwärmt von den jungen Männern der Kleinstadt.

Doch sie entschied sich für einen sechzehn Jahre älteren Witwer, dessen Frau bei der Geburt des ersten Kindes gestorben war. Er besaß eine komplett eingerichtete Zweizimmerwohnung. Für sie fühlte sich dort alles gut an. Sie war glücklich mit ihrem sexuell erfahrenen Ehemann. Sex vor der Ehe war für sie als streng katholisch erzogene Tochter tabu gewesen.

Ein Arzt holte mich aus meinen Gedanken, als er den Paravent um ihr Intensivbett beiseiteschob, und mich vor die Tür zu ihrem dort sitzenden Bruder bat.

„Es tut mir leid, Ihnen das sagen zu müssen, aber, wenn Ihre Schwester die nächsten 24 Stunden überlebt, wird sie ein Pflegefall für immer sein. Gab es denn vorher schon irgendwelche Anzeichen für diesen Schlaganfall?" fragte er uns. Wir konnten uns beide an nichts erinnern.

Ich ging wieder zu ihr. Mein Mann blieb weinend auf dem Flur draußen. Ich legte erneut meine Hand auf die nackte, warme Haut ihres Dekolletees. Mir war, als ob sie durch diese Berührung zu mir spräche.

„Weißt du, ich habe es einfach nicht mehr im Kopf ausgehalten. Ich war eine Übermutter, nein eine Glucke, die über ihre Kinder immer ihr Gefieder ausbreitete. Sie sollten es gut haben. Ich hatte Verständnis für alles, was sie taten, habe nie Grenzen gezogen oder etwas gefordert. Das war falsch, ich bin daran zerbrochen.

Als meine große Tochter einen Freund nach Hause brachte, der wegen Diebstahls eine Freiheitsstrafe abgesessen hatte, äußerte ich nicht meine Bedenken, dass sie mit der Situation überfordert sein könnte, sondern dachte, dem jungen Mann müsste man eine Chance geben. Als er eines Tages in Handschellen, vorbei an den strengen Augen meines stadtbekannten Vaters abgeholt wurde, hatte dieser nur verachtende Blicke für mich als Mutter einer Tochter, die sich mit „so einem" eingelassen hatte.

Aber das war nur meine Älteste. Eines Morgens, als ich meine jüngere Tochter wecken wollte, war ihr Bett leer. Ich dachte zuerst, sie würde bei einer Freundin übernachtet haben, aber dann hätte sie doch anrufen können. Ich fing an zu befürchten, dass ihr etwas zugestoßen sein könnte. Ich rief bei ihren Freundinnen an, aber keine wusste etwas. Angstgedanken jagten Wut und Verzweiflung. Nach zwei tochterlosen Nächten gab ich eine Vermisstenanzeige auf. Die psychische Unterstützung meines Mannes dabei war sein stundenlanges Lösen von Kreuzworträtseln nach seiner Arbeit. Ich fing an zu trinken, damit ich schlafen konnte. Nach zwei Wochen tauchte Susi strahlend und ohne Verständnis für meine Sorgen auf. Sie war mit einem Goldschmied auf Handwerkermärkten herumgereist. Mir verschlug es die Sprache. Ich konnte nur noch alle nicht geweinten Tränen mit meinem Speichel hinunterschlucken.

Erinnerst du dich? Das war noch nicht alles mit ihr. An einem Samstagmorgen rief mich der Standesbeamte an und fragte, wo denn meine Tochter bliebe. Ihre Trauung war nach fristgerechter Aufgebotsstellung für elf Uhr terminiert, und sie war noch nicht erschienen. Ich wäre am liebsten vor Scham in einer Erdritze verschwunden. Das alles war zu diesem Zeitpunkt schon zu viel für eine Mutter. Ich war rat- und trostlos und betäubte meine Gefühle durch übermäßiges Rauchen und auch Alkohol.

Doch die Zeit heilt nicht alle Wunden, und schon gar nicht, wenn nicht genügend Zeit dafür da ist.

Zeitgleich zu den Sorgen durch meine Tochter brach Udo, mein älterer Sohn seine Ausbildung zum Einzelhandelskaufmann ab und fing an, als Taxifahrer zu jobben. Es dauerte nicht lange, da begann er ein Verhältnis mit der Frau des Taxiunternehmers. Dieser schöpfte nach einiger Zeit Verdacht, und als beide gleichzeitig Nachtdienst hatten, erwischte er sie in flagranti in seinem Büro, zog seine Pistole und erschoss seine Ehefrau.

Kannst du dir vorstellen, wie ich mich fühlte, als ich den Zeitungsartikel darüber las, und mir mein Udo gestand, dass er der Liebhaber war? Ich dachte damals schon, der Schlag müsste mich treffen.

Und weißt du noch, als wir alle bei Hermanns Geburtstag in froher Runde im Garten zusammen feierten und Udo mit seiner neuen Bekannten Isolde auftauchte, die beiden sich zu uns setzten und verkündeten: „Es gibt noch etwas zu feiern. Wir haben heute Morgen geheiratet und waren mit den Trauzeugen in Straßburg zum Essen.

Betretenes Schweigen machte sich unter den Verwandten breit. „Und das ist noch nicht alles. Isolde ist schwanger!" Das war zu viel für mich. Ich brach zusammen und habe laut schluchzend geweint. Damals dachte ich: „Wie kann mein Kind nur so herzlos meine Seele zertreten?" Jetzt weiß ich, das war der zweite Schlag, der mich ganz massiv in meinen Kopf traf.

Diese Schwiegertochter, die bereits zwei Kinder von zwei verschiedenen Männern hatte, hat meinen Sohn, und damit auch mich, in den Ruin getrieben, psychisch und dann auch finanziell. Die Ehe hielt nicht, Isolde ist nach totaler Überschuldung mit den inzwischen zwei Kindern meines Sohnes zu einem wieder getroffenen Schulfreund nach Dänemark verschwunden.

Nach diesen massiven Schlägen konnte ich mich nur noch mit Alkohol, Zigaretten und nun auch noch Tabletten betäuben.

Und nun liege ich hier. Eigentlich ist es nun unerheblich, daran zu denken, dass auch die Ehe meines zweiten Sohnes schief ging, als seine Frau eine Beziehung mit ihrem Friseur begann, und sie beide feststellen mussten, dass sich ihre Liebe langsam davongeschlichen hatte.

Ja, zuerst war mein Herz zertrampelt worden, und nun ist mein Kopf tot. Ich möchte gehen."

Auch ich wollte nun gehen. Mir raste der Kopf, und mein Herz klopfte mir bis zur Kehle vor Mitgefühl. Ich konnte nicht mehr und verabschiedete mich.

Wir waren gerade nach Hause zurückgekommen, als mein Mann den Anruf des Krankenhauses entgegennahm: „Intensivstation des Uniklinikums, Ihre Schwester ist soeben gestorben."

So eine Schande

Es war die erste Geschichtestunde meiner neuen 5. Realschulklasse in einer Kleinstadt südlich von Heidelberg. Dreiundzwanzig erwartungsvolle Gesichter schauten mich an. „Wisst ihr denn, was das Fach Geschichte ist, oder was stellt ihr euch darunter vor?" begann ich das für sie unbekannte Fach.

„Vielleicht Geschichten von Dinosauriern oder Seeräubern oder Tieren", schlugen die Kinder vor. „Nein, es ist die Geschichte der Menschen. Jeder Mensch hat eine Geschichte. Ihr auch"

Erstaunt schauten sie mich an. Ich hatte meinen Stammbaum auf die Tafel gezeichnet und klappte sie nun auf. „Das ist meine Geschichte. Meine Eltern, Großeltern und Urgroßeltern. Meine Eltern haben mir viel Interessantes über ihre Eltern und Großeltern erzählt. Das war oft sehr spannend."

„Ich gebe Euch nun eine interessante Hausaufgabe. Fragt Eure Eltern oder Großeltern zuhause, wer ihre Eltern waren und was sie Euch von ihnen erzählen können. Malt dann, so ähnlich wie ich an der Tafel hier, eure Familiengeschichte." Ein buntes Stimmengewirr setzte ein. „O ja, ich frag Oma Heidrun…Tante Renate, die weiß immer so viel… Opa Wolfgang"

In der nächsten Geschichtestunde zeigten die

Schüler begeistert ihre Stammbäume und erzählten dazu, was sie von ihren Eltern und Großeltern gehört hatten.

Als ich Mias Stammbaum betrachtete, sah ich, dass sie eingetragen hatte, ihr Uropa mütterlicherseits sei in Südfrankreich gestorben und auch dort beerdigt.

„Das ist ja sehr interessant, wer hat dir das erzählt?

„Meine Oma."

„Frag sie doch mal, ob sie dir darüber noch mehr erzählen kann."

In der nächsten Stunde berichtete Mia, ihre Oma habe gemeint, sie wolle nichts mehr erzählen, sie solle lieber den Papa fragen. Dieser habe ihr dann gesagt, dass es nicht stimme, was ihre Oma ihr erzählt hatte. Ihr Uropa sei nicht in Südfrankreich gestorben und auch nicht dort beerdigt, sondern auf dem Stadtfriedhof der Kleinstadt.

Da ich Mias Vater kannte, rief ich ihn an und fragte, ob er mir, als Geschichtelehrerin seiner Tochter, vielleicht noch ein bisschen mehr über die Geschichte des Vaters seiner Schwiegermutter erzählen könnte.

„Fragen Sie doch am besten Ihren Schwiegervater, der war ja dabei," schlug er mir freundlich entgegenkommend vor.

Die Antwort erstaunte mich und weckte mein Interesse, Genaueres zu erfahren.

Mein Schwiegervater sichtlich erfreut, dass jemand Interesse hatte an jenen aufwühlenden und unklaren Zeiten, war sofort bereit, davon zu erzählen. „Ich sehe das alles noch direkt vor mir," begann er:

„Es war Ende April 1945. Johann Keller, Mias Uropa, besaß eine Ölmühle in unserer Stadt und wurde nicht zur Wehrmacht eingezogen, weil sein Mühlenbetrieb kriegswichtig war. Er hatte keine Hilfe für den Betrieb. Außerdem hatte er noch zwei kleine Mädchen im Schulalter.

Mein großer Bauernhof," fuhr mein Schwiegervater fort, „war ebenso kriegswichtig. Ich hatte als Ersatz für meinen Knecht, der für die Ostfront eingezogen worden war, nur die Hilfe eines polnischen Zwangsarbeiters, und ich hatte drei kleine Kinder in Schul- und Kindergartenalter und musste deshalb auch nicht zum Militär.

An dem Tag, als es passierte, mussten Hans und ich das Essen aus der Großküche der örtlichen Heil- und Pflegeanstalt zu den Soldaten bringen, die auf den umliegenden Anhöhen für die Endverteidigung eingesetzt waren.

Auf einem Hügel im Nachbardorf befehligte Feldwebel Klein einen Trupp minderjähriger Jungen zur Verteidigung des „großdeutschen Reiches" gegen die anrückende US-Armee.

Dorthin brachten wir mit meinem Pferdefuhrwerk die Feldküche, einen riesigen Kupferkessel mit Eintopf.

Als wir ankamen, sahen wir übernächtigte Kindergesichter, die uns ausdruckslos entgegenstarrten. Mich erfasste grenzenloses Mitleid mit diesen bleichgesichtigen Jungsoldaten, die wirklich noch Kinder waren. Und auch Hans übermannte dieses Gefühl. Er bekam wässrige Augen und schaute Feldwebel Klein, den er kannte, fest, wie beschwörend, in die Augen und sagte: „Ach, lass doch die Buben laufen, nach Hause, zu ihrer Mama. Der Ami steht schon in Heidelberg. Der Krieg ist aus!"

Mit finster grimmigem Gesicht zog Feldwebel Klein sein Gewehr, zielte auf Hans, sagte knapp: „Wehrkraftzersetzung!" und ein Knall zerriss die Luft! Er hatte ihn aus nächster Nähe erschossen.

Gellende Aufschreie der Jungen schallten in die Frühlingsluft. Mit entsetztem Blick starrte ich Klein verurteilend an. Wortlos drehte er sich um und mir den Rücken zu, und ging weg.

Vor innerer Anspannung bebend, halfen mir die Jungen meinen auf dem Boden liegenden Freund hochzuheben und auf den Wagen zu legen. Wir schauten wie gelähmt in Johanns weit aufgerissene Augen. Ich warf dem Feldwebel noch einen verachtenden Blick hinterher und trat mit dem toten Ölmüller auf dem Wagen, neben dem Kessel, die Heimreise an.

Niedergedrückt, mir in Gedanken immer wieder zurechtlegend, wie ich das Vorgefallene schonend Johanns Frau berichten könnte, zog mich und seine traurige Ladung der Ackergaul Flora die fünf Kilometer nach Hause.

Als wir in den Hof der Ölmühle einbogen, kam mir Johanns Frau entgegen. Sie wollte wohl gerade nach ihrem Mann fragen, als sie ihn auf dem Wagen liegen sah. Sie stieß einen schrillen Schrei aus und brach unter Schluchzen zusammen. Bestimmt hörte sie nur wie von weitem, wie ich ihrer großen, 11-jährigen Tochter, den Hergang des Geschehens berichtete.

Plötzlich schrie sie auf: „O nein, wie konnte er das sagen! Er wusste doch, dass Wehrkraftzersetzung eine schlimme Straftat ist und mit dem Tode bestraft wird," und dann: „Was für eine Schande für mich! Was werden die Nachbarn sagen? Was sage ich meiner kleinen Emmeli? Sie ist, Gott sei Dank, gerade bei meiner Mutter?"

Und sofort schärfte sie der großen Tochter ein, überall zu sagen, der Papa sei nach Südfrankreich verreist und später musste sie sagen, er sei dort verstorben.

Ihr toter Mann wurde in die Leichenhalle gebracht und später heimlich, nur in Anwesenheit des Stadtpfarrers beerdigt."

Lehrerin
Nur Wissensvermittlerin?

Es war der 15. Juni 1982, ein strahlender Sommermorgen. Ich war mit 9. Realschulklassen in unserer Partnerschule in Richmond, London.

Als ich in der Assembly Hall eintraf, stürmten aufgeregt Schülerinnen auf mich zu: „Frau Stark, Frau Stark, Anja hat einen Selbstmordversuch unternommen!"

Ich versuchte, die vor Aufregung erhitzten Gemüter zu beruhigen und zu verstehen, was vorgefallen war.

„Meine Mama hat mir heute Morgen am Telefon gesagt, dass Anja in der ‚Anstalt' ist. Sie hat einen Selbstmordversuch unternommen." „Sie wollte sich umbringen."

Vor das strahlende Licht der Morgensonne schob sich für mich ein grauer Schleier. Ich hörte selbst den donnernden Londoner Straßenlärm durch die geöffneten Fenster nicht mehr. Ich sah Anjas Gesicht vor mir, das mich schon seit einiger Zeit beunruhigt hatte. Anja, die in der ersten Bank direkt vor mir saß. Ich sah ihr bleiches vor Müdigkeit oft steinernes Gesicht. Ihr offener, interessierter Blick war fast unbeweglich, maskenhaft geworden. Ich hatte versucht, mit ihr über diese Veränderung zu sprechen.

„Nein, da ist nichts, mir geht es gut", hatte sie krampfhaft abgewehrt und versucht, den Kloß in ihrem Hals unbemerkbar hinunterzuschlucken.

Ich hatte mich nicht getäuscht. Dieses Kind musste ein Problem gehabt haben, mit dem es nicht fertig wurde, ging es mir durch den Kopf.

Jäh wurde ich aus meinen Gedanken gerissen, als andere Schüler mit dem „Daily Mirror" in der Hand jubelnd auf mich einstürzten. „Der Falklandkrieg ist zu Ende!" Doch plötzlich umringten sie mich unvermittelt und sangen aus Leibeskräften: „Happy Birthday, Mrs. Stark." Ach ja, es war mein Geburtstag. Ich ließ mich von dem Jubel der Kinder über meinen Geburtstag und das Ende des bedrohlichen Krieges zwischen England und Argentinien für kurze Zeit anstecken.

Meine Gedanken gingen aber immer wieder zurück zu Anja. „Was ist dem Kind passiert? Hätte ich etwas tun können?"

Als wir wieder zuhause waren, beschloss ich, mir sofort fachlichen Rat zu holen und rief eine mir bekannte Psychologin in unserer psychiatrischen Klinik an.

„Sie schickt ein Engel", unterbrach sie mich spontan. Anja ist schon wieder bei uns. Sie hat einen erneuten Versuch unternommen. Und sie möchte unbedingt mit Ihnen sprechen. Wenn es Ihnen möglich ist, kommen Sie." Ich wollte mich sofort ins Auto setzen, aber zuvor ihre Eltern darüber informieren.

„Ich geb' Ihnen gleich meinen Mann!" reagierte Anjas Mutter. Ohne sich den Grund meines Anrufs anzuhören, knallte mir die harte Stimme des Vaters ans Ohr: „Kein Wunder, dass es so weit kommen musste. Die lässt sich von dem alles gefallen! Der Kerl ist das Letzte! Die braucht gar nicht erst nach Hause zu kommen!" polterte er in diesem Stil laut durch das Telefon weiter, beschimpfte Anjas Freund, die Eltern des Freundes und dann: „geschlagen hat er sie sogar, kein Wunder, das kennt man in dem Milieu, Arbeiter!"

Ich versuchte, ihn zu beschwichtigen und drückte ihm mein Bedauern und Mitgefühl aus. Immerhin versuchte er nicht, mir mein Vorhaben, Anja zu sehen, auszureden.

„Ich bin so froh, Frau Stark, dass Sie gekommen sind", begrüßte mich Anja eine Stunde später unter Tränen und wollte mich lange nicht aus ihrer klammernden Umarmung freigeben.

„Weißt Du was, Anja, draußen scheint die Sonne so herrlich, alles blüht in den Parkanlagen. Ich werde die Stationsschwester fragen, ob wir nicht zusammen spazierengehen könnten." Sie hatte nichts dagegen einzuwenden, wir sollten nur immer in der Nähe von anderen Menschen bleiben, aus Sicherheitsgründen, Anjas Vater könnte unvermittelt auftauchen.

Seite an Seite schlenderten wir über knirschende Kieswege an duftenden Rosenreihen vorbei. Es war ein herrlicher Sommertag, einer dieser Tage, an denen man vor Glücklichsein die Welt umarmen könnte. Aber ich spürte, Anjas Körper neben mir war zum Zerreißen gespannt.

Als wir uns auf eine Bank setzten, platzte es aus ihr heraus: „Ich kann nicht mehr. Es ist alles so schlimm!" Ich legte ihr meinen Arm um ihre Schulter. „Was ist so schlimm für dich?" „Wissen Sie noch, als ich vor vier Wochen krank war und Heike Ihnen ein ärztliches Attest brachte, dass ich eine Rippenfellentzündung hätte?"

Ich konnte mich sofort erinnern und auch, wie sich Anja in den Wochen davor verändert hatte. Sie war blass und still geworden mit dem immer gleichen starren Gesichtsausdruck, der mich ängstigte.

„Es war alles so furchtbar. Ich konnte nicht mehr, deswegen bin ich jetzt hier.

„Mein Vater, er ist Teilhaber eines Hotels und Tennislehrer, fing vor einem halben Jahr an, Tenniskollegen spätabends mit nach Hause zu bringen. Meine Schwester hatte sich mit ihm verkracht und war ausgezogen. Ich musste mein Zimmer im ersten Stock gegen sein Arbeitszimmer neben unserem Wohnzimmer tauschen. Meine Mutter übernachtete öfters bei meiner Schwester. Sie wollte sich scheiden lassen.

Wenn mein Vater mit seinen Freunden angetrunken nach Hause kam, weckte er mich, und ich musste die Herren bedienen. Das war so schlimm. Ich musste alles machen, was sie wollten."

Ihr zarter Körper zitterte und bebte vor Schluchzen. Ich wollte fragen, „was musstest Du machen", aber konnte es nicht in der Situation.

„Oh, es war so, so furchtbar. In der Schule haben Sie mich manchmal lange fragend angeschaut und ich dachte „Kann sie sich vorstellen, warum ich so müde bin? Ich musste immer an die schrecklichen Abende und Nächte denken. Die Bilder gingen mir nicht aus dem Kopf. Mir war oft so schlecht."

Ich erinnerte mich, dass Anja manchmal am ganzen Körper gezittert hatte. Aber sie konkret und direkt anzusprechen, hatte ich gezögert und konnte es nicht. Zu der Zeit war außerdem ein Verdacht auf sexuellen Missbrauch undenkbar.

„Ich traute mich nicht, meiner Mutter was zu sagen. Ich schämte mich so sehr. Sie hätte mir auch nicht geglaubt," redete Anja stockend weiter.

„Eines Abends, als die Herren wieder zu dritt nach Hause kamen, habe ich mich geweigert aufzustehen, habe mich im Bett zusammengekrümmt und gewehrt und habe nach meinem Vater getreten."

„Na warte, Du Ratte", zischte er, schnappte sich unseren hölzernen Fußschemel und haute mir diesen auf meinen Rücken. Sein Freund, unser Hausarzt, einer der Männer, schrieb dann das Attest, das Sie bekommen haben."

Ich fröstelte am ganzen Körper. Was musste dieses Mädchen durchgemacht haben?" Ich wagte nicht zu fragen, was ich befürchtete.

Ihre monatelange Pein sprudelte in gewaltigen Wortausbrüchen aus ihr heraus. Wir waren bereits seit über einer Stunde zusammen, und sie konnte nicht aufhören zu erzählen.

Wir hatten uns wieder auf eine Bank gesetzt. Vor uns plätscherte eine Fontäne. Ihr in der Sonne glitzernder Strahl verwehte im leichten Sommerwind und ergoss sich dann in das große Marmorbecken

Anja schien das nicht wahrzunehmen und öffnete sich weiter. Sie sagte wieder, fast tonlos, „Ich hatte schon mal angefangen, meiner Mutter etwas zu erzählen, aber sie wollte davon nichts wissen. Sie hätte mir nicht geglaubt. Ich schäme mich so. Geglaubt hat mir nur mein Freund und seine Familie! Seine Eltern sind „einfache Leute" wie mein Vater sagt, aber ich fühle mich wohl bei ihnen in der kleinen 3-Zimmerwohnung.

Seine Mutter kann gut kochen, und ich war oft nach der Schule dort. Ich fühlte mich geborgen, wenn ich bei ihnen war. Aber weder er noch seine Eltern hatten sich getraut, Anzeige wegen körperlicher Gewalt zu erstatten. Häusliche Gewalt ist nicht strafbar."

„Ich gehe nicht mehr nach Hause. Lieber bleibe ich hier, eingeschlossen mit den Verrückten."

„Ja. Du bleibst jetzt erst mal hier. Ich werde Dich besuchen, so oft ich kann, Anja" sagte ich und besuchte sie fast jeden 2. Tag und nahm sie zu den Klassenaktivitäten vor den großen Ferien mit.

Aber Anja konnte nicht auf Dauer zum Schutz vor ihrem Vater in der Klinik bleiben.

„Ich habe viel nachgedacht und mit meiner Therapeutin besprochen, wie es mit mir weitergehen soll", eröffnete mir Anja eines Tages, „ich möchte in ein Internat."

Auch die betreuende Ärztin begrüßte diese Idee. Zusammen mit der Therapeutin kristallisierten wir heraus, dass es ein Internat sein sollte, weit entfernt vom Wohnort des Vaters und nicht überteuert, so dass er nicht aus finanziellen Gründen seine Zustimmung verweigern konnte.

„Könnten Sie nicht die nötigen Informationen über mögliche und für unseren Fall empfehlenswerte Internate beim Schulamt einholen? Bisher ist alles durch Sie so gut gelaufen," bat mich die Ärztin.

Das tat ich umgehend. Mir wurde die Liebfrauenschule in Sigmaringen genannt.

Ich setzte mich mit Anjas Vater in Verbindung.

Nach anfänglichem Zögern und unterschiedlichen Einwänden war Anjas er zu einem persönlichen Gespräch mit mir in der Schule bereit. Nach dem Dafürhalten von Ärztin und Therapeutin sollte ich das Gespräch mit Herrn Eberhard allein, ohne die Anwesenheit meines Schulleiters führen. Inzwischen hätten sie in mehreren Telefongesprächen festgestellt, dass er Vertrauen zu mir gefasst hatte. Sie hatten andererseits im Lauf der Zeit beobachtet, dass er in Anwesenheit von Autoritätspersonen ängstlich verstockt und wenig gesprächsbereit war.

Der Schulleiter hatte mir als Ort für das Gespräch das Schulsekretariat vorgeschlagen. Dieses lag zwischen Rektorat und dem Zimmer des Konrektors mit jeweiligen Verbindungstüren. Beide Herren könnten so das Gespräch als Zeugen durch die nur angelehnten Türen mit anhören und ggf. einschreiten, sollte Herr Eberhard mir gegenüber ausfallend werden.

Ich ging in Gedanken den Ablauf des Gesprächs durch und wusste, dass ich zu Beginn unbedingt sicherstellen musste, dass Herr Eberhard mir vertraute und er sich von mir verstanden fühlte, damit er sich für mein Vorhaben öffnete, und ich ihn für die Aufnahme Anjas in ein Internat überzeugen konnte.

Nach einer kurzen Begrüßung begann ich: „Herr Eberhard, ich weiß, dass Sie Ihre Tochter sehr lieben und bestimmt das Beste für sie möchten. Ich weiß auch, dass Ihnen die Zukunft Anjas bestimmt wichtig ist. Und darüber möchte ich mit Ihnen sprechen. Anja kann nicht für immer in der Klinik bleiben. Und zurück, nach Hause kommen, geht nicht. Das wissen Sie auch. Sie braucht einen Neuanfang in einer völlig anderen Umgebung. Die behandelnde Ärztin hat einen Internatsaufenthalt vorgeschlagen, wo die Tage genau strukturiert sind und Anja zusätzliche Hilfe zum Unterricht bekäme. Auch Anja möchte das," beteuerte ich ihm.

Herr Eberhard blickte ruckartig zur Seite, starrte dann kurz in die andere Richtung, sah mir dabei sekundenlang in die Augen, rutschte nach vorne auf die Stuhlkante, dann nach hinten gegen die Lehne und blickte wieder mit kalten, glasigen Augen in meine Richtung. Die Situation war ihm sichtlich unangenehm. Seine kleine drahtige Gestalt konnte seine Fassade von Wohlhabenheit und entschlossenem Durchsetzungsvermögen in meiner Gegenwart nicht mehr aufrechterhalten. Er nickte nur immer wieder und sah schweigend auf den Boden. Irgendetwas in seinem Innern schien ihn gedanklich gewaltig zu bewegen, wie er nun so vornüber gebeugt auf dem Stuhl saß und seine Schultern und Arme dabei nach unten hängen ließ.

„Hatte er etwa versucht, sich die Anerkennung seiner „Freunde" zu verschaffen, indem er ihnen seine Tochter bereitstellte? Es wäre unfassbar, wenn meine Vermutung grausame Wirklichkeit wäre." Ich riss mich aus meinen Gedanken und fuhr fort:

„Und noch einmal, da ich weiß, dass Ihnen das Glück Ihrer Tochter sehr am Herzen liegt, wäre Ihre Einwilligung dazu das Beste für sie."

Er hob den Kopf und schaute mich lange an: „Ich vertraue Ihnen. Wenn Sie das sagen, wird es sicherlich die beste Lösung sein. Haben Sie konkrete Vorstellungen?"

„Ich habe mich beim Schulamt informiert, und mir wurde die Liebfrauenschule in Sigmaringen wärmstens empfohlen."

„Ich nehme an, das ist eine Privatschule mit Internat. Was soll das kosten?" Er näherte sich schon etwas meinem Vorschlag und schien irgendwie erleichtert.

„800 DM im Monat. Ich denke, das ist bei Ihrer finanziellen Situation für Sie sicherlich leistbar."

Während des gesamten Gesprächs kämpfte ich gegen das Gefühl der Heuchelei in mir, aber ich hatte andererseits gedanklich immer das Ziel vor Augen, dass ich erreichen musste, dass Anjas Vater seine Zustimmung zu dem Vorhaben gab.

Emotional nun schon etwas aufgetaut aber dennoch sichtlich unangenehm berührt, reagierte er: „Ehe ich definitiv meine Einwilligung gebe, würde ich mir natürlich gerne die Schule vor Ort ansehen. Begleiten Sie mich dorthin?"

„Ja, gerne, zusammen mit Ihrer Gattin können wir uns alles anschauen."

Zum verabredeten Zeitpunkt holte mich das Ehepaar zuhause ab. Beide waren vor Ort von Schule und Heim angetan und füllten den Aufnahmeantrag aus. Frau Eberhard war um eine psychische Belastung leichter, und wie Herr Eberhard in Zukunft vor den Augen seiner Freunde bestehen würde, war mir total uninteressant.

Anja war glücklich auf der Schule, wie sie mir in vielen Briefen schrieb. Als sie jedoch die Weihnachtsferien bei ihrem Freund und dessen Eltern verbrachte, hatte der Vater ihr aufgelauert und sie mit seinem Mercedes gegen eine Gartenmauer gedrückt. Ihre Schürfwunden reichten für eine Anzeige wegen Körperverletzung gegen ihren Vater nicht aus.

Flucht aus Kabul

Eine sechzehnjährige erinnert sich

„Was will der Mann von mir? „Papa, Papa! Wo
ist er? Unser Haus in Flammen!"

Schweißgebadet wache ich, wie so oft, aus meinen Albträumen auf.

Auch tagsüber drängen sich mir die Bilder auf,
seit 3 Jahren. Ich sehe keinen Film, nur Bilder oder
Bruchstücke davon.

Meine Mutter hilft mir nicht, meine Erinne-
rungslücken zu schließen. Sie sagt nur: „Kind, du
musst alles vergessen. Wichtig für Dich ist Lernen,
vor allem Lernen, die Zukunft. Das ist wichtig für
dich. Ich möchte nicht darüber reden. Versuchen
zu vergessen, ist das Einzige, das mir hilft."

Aber, ich kann das nicht. Ich bin so oft traurig,
weine und weiß nicht so recht warum.

Der Dezember 2016 schiebt sich vor mein in-
neres Auge. Es ist kalt, es hat geschneit. Papa ist seit
ein paar Tagen im Krankenhaus. Mutter sagt: „Sein
beladenes Herz hat ihn zum Umfallen gebracht."
Ich denke: war es etwas ganz anderes? Womit wurde es so schwer? Man hat es mir nicht gesagt. Mutter
sagte nur: „Vater ist verletzt. Das ist aber nicht deine Sache." Seinen Schneiderbetrieb haben die acht
Angestellten unter Mutters Regie weitergeführt.

Da brennt unser Haus lichterloh. Mutter rettet

schnell alles Wichtige aus dem Haus. Fassungslos, mit weit geöffneten Augen, aus denen unaufhaltsam unsere Tränen fließen, stehen wir vor dem brennenden Haus, der Heimat unserer Kindheit.
Wir können bei einem Freund meines Vaters schlafen.

Vater hat das Krankenaus verlassen. Auf meinen fragenden Blick sagt er nur: „Es ist zu gefährlich. Beeilt euch. Der Fahrer steht schon vor dem Haus."

Wir steigen in ein großes Auto, Vater, Mutter meine zwei jüngeren Schwestern und mein kleiner Bruder, vier Jahre alt. Der Fahrer, er spricht verschiedene Sprachen, ist ein unsympathischer, kräftiger Mann. Er ist bewaffnet. Ich habe Angst. Wir fahren durch schneebedeckte Landschaft, es ist dunkel, die Straßen häuserleer. Plötzlich stellt sich uns ein Pick-up-Auto in den Weg. Zwei junge Taliban springen von der Ladefläche. „Die Frau und die Mädchen Kopftücher, alles aussteigen. Dort drüben ist der Iran, Ihr rennt dorthin," befehlen sie dumpf.

Mit Koffern und Rucksäcken bepackt, rennen wir, ich mit meinem kleinen Bruder auf dem Rücken. Das Haus war ein Stall mitten im Wald. Ich war froh, dass es dort drinnen wärmer war. Ich hatte so stark gefroren, obwohl ich zwei Unterhemden, zwei Pullover, eine Strickjacke und einen Mantel und zwei lange Hosen anhatte.

Viele Menschen lagen schlafend und schnarchend auf dem Boden. Ich weinte und weinte mich dann schließlich in den Schlaf. Ich war zu müde.

Am nächsten Abend kamen wir wieder in ein stallähnliches Haus. Dort waren noch mehr Menschen. Es stank fürchterlich nach unsauberen Menschen, Essensresten und Kindern in vollen Windeln.

Wir Kinder hatten schrecklichen Hunger, aber nichts mehr zu essen. Da half auch nicht das Geld, das meine Eltern an verschiedenen Stellen an ihren Körpern oder wir in unseren Socken und Unterwäsche versteckt hatten.

Am nächsten Morgen gingen wir mit einem Begleiter zu Fuß weiter. Gegen Abend erreichten wir mit unserem Führer, der mir angeboten hatte, meinen schweren Rucksack zu tragen, ein zerfallenes Gebäude, in dem noch mehr Flüchtlinge waren als in dem Gehöft zuvor. In bleierner Müdigkeit fielen wir auf dem Boden, in einen tiefen Schlaf.

Plötzlich Schüsse, einer, zwei, mein Herz rast, ich halte mir die Ohren zu. Meine Mutter jammert verängstigt: "Ich gehe zurück. Wir müssen überall sterben."

Wir packen zusammen, machen uns auf den Rückweg. Da bricht mein Vater zusammen, wird bewusstlos. Meine Mutter schüttelt ihn, „wach auf!" Wir Mädchen weinen, mein kleiner Bruder schreit gellend. Kein Arzt weit und breit. Ein Schlepper taucht in der Ferne auf. Er hat Wasser. Wir richten meinen Vater auf. Er trinkt.

„Zurück könnt Ihr nicht. Ich biete Euch Pferde zum Kauf für die Weiterreise an." Kurze Zeit später bringt er fünf gesattelte Pferde. Ich möchte meinen Rucksack auf den Rücken nehmen und erstarre vor Schreck. Er ist weg. Der andere Schlepper hat ihn gestohlen und ist damit verschwunden. Mir zittern die Knie, ich gehe zu Boden. Mein I-Pad, mein Handy und mein Fotoapparat waren in dem Rucksack. Unser jetziger Schlepper befiehlt mir aufzustehen. Es ist keine Zeit, dem Schmerz über den Verlust nachzugeben.

Mein Vater soll zusammen mit Mahdi, meinem Bruder, auf einem Pferd reiten, und wir Frauen allein auf je einem. Ich habe Angst vor den großen Tieren. Noch nie in meinem Leben hatte ich ein Pferd gesehen. Aber ich darf keine Angst haben.

Wir kommen in eine Stadt, in ein altes Haus, in dem wieder viele Flüchtlinge sind. Da steht ein bewaffneter Mann mit einer Totenkopf-Halskette, tätowierten, muskulösen Armen und vielen großen Fingerringen. Vor ihm auf dem Boden liegt ein Mann, von ihm gerade erschossen. Ich kann nicht mehr weinen, ich bin erstarrt.

Weiter geht die Flucht, es ist keine Zeit für Gefühle, für Nachdenken oder gar Zurückdenken an unser Zuhause oder Freundinnen.

Der Pferdehändler führt uns bis nahe an die türkische Grenze. „So, nun müsst Ihr zu Fuß weiter."

Er deutet auf eine Bergkette vor uns. „Ihr geht diesen Hügel hinauf, auf der anderen Seite ist eine Geröllhalde. Auf dieser lasst Ihr Euch hinunterrollen, und unten ist schon die Türkei." Er band die Pferde zusammen, drehte sich um und ritt davon. Wir kämpften uns zum Bergkamm hinauf. Von dort sahen wir unten einen kleinen See. Es hatte geregnet, starker Wind kam auf. Fast besinnungslos ließen wir uns hinunterrollen, in einen tiefen vom Regen aufgeweichten Schlamm. In der eisigen Winternacht drohte der in Klumpen an unserer Kleidung hängende Matsch zu gefrieren. Wir schleppten uns frierend in eine Stadt. Jemand brachte uns in eine Wohnung in einem mehrstöckigen Haus, die wir wochenlang nicht verlassen durften.

Endlich, nach Wochen holte uns ein Auto ab, wieder in der Dunkelheit. Nach kurzer Fahrt hielt der Fahrer neben einem Bus, dessen Scheiben verhängt waren. Wir mussten in den bereits mit anderen Flüchtlingen besetzten Bus umsteigen. In absoluter Schweigsamkeit fuhren wir durch die stockdunkle Nacht. Nach Stunden hielt der Bus in einem Wald. „Alle aussteigen, jeder bekommt eine Schwimmweste, auch die Kinder!"

„Oh nein, was soll das heißen", ging es mir durch den Kopf. „Ich kann nicht schwimmen." Wieder blieb mir keine Zeit, länger Angst zu haben. Mutter kam und schwärzte uns Mädchen die Gesichter. Sie hatte wahnsinnige Angst, dass sich einer der auf uns zukommenden Männer an uns vergreifen könnte. „Und schaut auf keinen Fall die Männer an, nur auf den Boden schauen", hämmerte sie uns ein. „Schneller, schneller Ihr faules Pack!" schrien sie uns an und trieben uns wie Vieh zur Küste.

Dort lag ein altes Motorboot. Sie pferchten uns hinein, 60 Menschen, Männer, Frauen und Kinder. Einer der Männer warf den Motor an und sagte zu zwei erwachsenen jungen Afghanen: „So, und nun steuert Griechenland dort drüben an. Wir kommen mit einem kleinen Boot hinterher." Das war gelogen. Sie kamen nicht.

Wir waren schon bald auf dem Meer, völlig uns selbst überlassen. Plötzlich gab es eine Explosion, ein gewaltiger Feuerschein! Ein anderes Boot mit Flüchtlingen an Bord brennt. Ich sehe, wie die Menschen brennend ins Wasser springen und ertrinken. Aber Mutter lässt mich nicht mehr schauen. Sie hält mir die Augen zu.

Das letzte, an das ich mich erinnere, sind Menschen als lebende Fackeln. Ich zitterte, ich fror, drohte vor Angst bewusstlos zu werden. Ich konnte ja nicht schwimmen.

Langsam lockerte meine Mutter die Umklammerung. Wir konnten die Umrisse von Land sehen. Das Boot setzte auf. Nach kurzem Durchwaten des Küstenwassers kümmerten sich Polizisten um uns klatschnasse Gestalten. Busse brachten uns in ein Lager. Wir wurden registriert. Vater ging es wieder sehr schlecht.

Anderntags schaffte es Mutter, ein Schiffsticket nach Athen zu ärztlicher Hilfe aufzutreiben. Auf dem Schiff konnten wir zum ersten Mal seit Wochen duschen. Wir sahen so mitleiderregend aus, dass uns eine Familie Kleidung von sich für die Weiterreise gab und uns Bahntickets bis nach Albanien kaufte.

Wir gehen zu Fuß von Albanien nach Bosnien über die Grenze. Mutter hatte von unserem letzten Geld Fahrscheine nach Serbien gekauft. Dort wurden wir sofort in ein Lager mit meterhohen Zäunen gesperrt. Die Polizisten beschimpften uns „faules Pack, Zigeuner", wir mussten geradestehen, sonst gab es Stockschläge. Doch sie wollten uns sehr schnell loswerden und schoben uns über Kroatien nach Österreich ab.

An der Grenze strahlte uns ein junger afghanischer Dolmetscher an: "Jetzt seid Ihr frei!" Von einem Flüchtlingslager an der deutschen Grenze kamen wir schließlich nach Deutschland.

„Willkommen in Deutschland!" wurden wir empfangen. Auf die Frage, wo in Deutschland wir hinwollten, wussten wir keine Antwort. Uns war es egal, wir hatten Deutschland bis dahin nicht gekannt.

Hier habe ich zwar immer noch Angst vor Träumen, aber keine Angst mehr, auf die Straße zu gehen, wie in Kabul.

Auch ein Leben

Wie schon so oft verbringe ich eine Woche Urlaub am Tegernsee. Ich schlendere entspannt am See entlang. Es ist ein himmelblauer Sonnentag mit leicht säuselndem Wind, der Kräuselwellen des Sees ans Land weht. Ich setze mich am Uferweg auf eine Bank und schaue hinüber zum hotelgesäumten anderen Ufer, wo kleine Segelboote vorbeiziehen.

„Ist da noch frei?" Ein älterer Herr mit Gehstock weckt mich aus meinem selbstvergessenen, in die Landschaft Schauen und Genießen. Er deutet auf den freien Platz neben mir.

„Ja, Sie dürfen gerne neben mir Platz nehmen," erwidere ich freundlich,

Er setzt sich, stützt sich mit beiden Händen auf den Knauf seines Gehstocks und schaut weit übers Wasser. Kurze Zeit später dreht er sich mir zu. „Mein Name ist Horvath. Machen Sie Urlaub oder wohnen Sie hier? Ich habe Sie nämlich hier noch nie gesehen, und ich gehe hier oft spazieren."

„Ich spanne etwas aus von meinem Beruf als Lehrerin."

„O ja, der Beruf ist anstrengend. Da kann ich mit Ihnen fühlen. Meine Tochter ist auch Lehrerin."

„Das ist ja interessant. Hier in Bayern?"

„Nein, leider nicht, in Heidelberg."

„Dann wohnen Sie auch nicht hier in der Nähe?"

werde ich nun neugierig.

Doch, doch, ich wohne hier im Seniorenheim. Schon lange, schon sehr lange. Meine Frau ist gestorben, die Kinder wohnen weit weg, und ich bin alleine." Er schweigt.

„Das tut mir leid," sage ich mitfühlend, und weiß nicht so recht, was ich sagen soll.

„Ja, ja, ich habe ein langes, hartes Leben hinter mir und würde gern am liebsten zu meiner Frau gehen. Aber ich möchte Sie nicht langweilen." Er schaut mich fragend an.

„Nein, nein, Sie langweilen mich nicht. Ältere Menschen haben oft viel erlebt, und Menschenleben interessieren mich. Darf ich fragen, wie alt Sie sind?"

„Ich bin jetzt 85 Jahre alt und hätte nie gedacht, dass ich das neue Jahrtausend noch erleben würde. Ich kam zu einem neuen Jahrzehnt, genau am 1. Januar 1920, in Ungarn, gleich nach Mitternacht als erstes Kind meiner Eltern auf die Welt. Aber ich blieb nicht lange allein. Schon 11 Monate später kam mein Bruder Josef, genannt Seppi. Er hatte, im Gegensatz zu meinen braunen Augen, die von meiner Mutter immer bewunderten, strahlend blauen. Er war ein richtiger Junge, ein Draufgänger, der es später mit jedem aufnahm, nicht so ein Feigling wie ich, der sich alles gefallen ließ. Ich stieg auch nicht besonders in der Achtung meiner Mutter, als ich auf die Bürgerschule gehen konnte und Ziehharmonika spielen lernte. Aber ich langweile Sie bestimmt?"

„Nein, ganz und gar nicht, erzählen Sie ruhig weiter."

„Als ich dreizehn Jahre alt war, wurde ein Mann aus dem Volk Deutscher Reichskanzler. Er versprach dem Volk ein tausendjähriges Reich, das er durch Beseitigung aller Ideen und Menschen, die seiner Ideologie entgegenstanden, erreichen wollte."

„Dann sind Sie ja kurz nach dem 1. Weltkrieg geboren", warf ich ein.

Er nickte. „Meine Mutter und Seppi schwärmten für diesen wortgewaltigen Mann. Seppi erlernte nach der Volksschule das Friseurhandwerk, ging nach der Ausbildung nach Berlin und lernte den Führer aus nächster Nähe kennen. Er ging zur Waffen-SS und schrieb seinen Vornamen nicht mehr mit „f", sondern mit „ph" wie Joseph Goebbels."

Er stockte, sackte etwas in sich zusammen, schaute, wie in ein Loch, auf den Boden. Wahrscheinlich nahm er den herrlichen Frühlingsnachmittag gar nicht wahr. Ich fühlte, dass ihn etwas belastete. Er schien mit sich zu kämpfen, ob er weitererzählen sollte oder nicht.

„Meine Eltern haben ihr Haus verkauft und gingen nach Stuttgart. Auch sie wollten dem Führer näher sein. Ich lebte danach bei meinen Großeltern.

Ich ging zur ungarischen Armee, der Honved,

habe aber nicht schießen wollen, auf Menschen keinesfalls, musste ich auch nie. Ich durfte mit meiner Ziehharmonika Musik machen und meine Kameraden unterhalten. Ich träumte davon, mal eine Familie zu haben und im eigenen Haus zu wohnen.

Meinen Urlaub vom Militär verbrachte ich bei meinen Großeltern, den Eltern meiner Mutter.

Eines Tages meinten sie zu mir, dass es an der Zeit wäre zu heiraten und schlugen mir vor, die reiche Nachbarstochter, das einzige Kind ihrer Eltern zu heiraten. Ich habe mich nicht dagegen gewehrt. Ich war zu feige.

Es wurde ein rauschendes Hochzeitsfest, alles von den Schwiegereltern finanziert. Meine Frau war schön, aber leicht geistig behindert. Ich habe sie nicht aus Liebe geheiratet. Die Liebe kommt von allein, haben damals die Alten gesagt. Für meine Frau verspürte ich kein großes sexuelles Verlangen. Mit der Zeit hatte ich meine Frau wie eine Schwester liebgewonnen. Wir lebten wie Bruder und Schwester, nicht wie Mann und Frau. Ich fühlte mich wie ein Gast in unserem Haus. Meine Schwiegereltern planten und organisierten alles."

Er schwieg, schaute wieder sinnierend auf den Boden und stützte sich erneut auf seinen Gehstock. Plötzlich schaute er mich strahlend an, und es sprudelte lebhaft aus ihm heraus: „Drei Jahre nach unserer Hochzeit bekam meine Frau ein Kind, ein Mädchen, an einem Sonntagmorgen!

Ich war so glücklich, mein Herz war so warm, ich habe so viel Liebe in mir gespürt. Zum ersten Mal in meinem Leben! Der Himmel hat mir ein schönes, ein intelligentes Kind geschenkt. Es hat auch mich über alles geliebt, so wie ich war, wie nie ein Mensch davor." Tränen traten ihm in die Augen, er schaute mich an und weinte ungehemmt. Ich legte meinen Arm um seine Schultern.

„Ist es die Lehrerin in Heidelberg?"

Er nickte und versuchte gefasster zu werden.

„Und wo ist Ihre Tochter jetzt?"

Inzwischen hatte die Sonne schon die aufkommende Abendstimmung verbreitet, und es war Zeit für Herrn Horvath, ins Seniorenheim zurückzugehen.

„Das erzähle ich Ihnen morgen, wenn Sie wieder hierherkommen," sagte er und stand auf.

Ich verabschiedete mich und versprach zu kommen.

Auch am nächsten Tag lockte der glasklare Sonnenschein wieder viele an den glitzernden See. Mir ging es nicht schnell genug, gleich nach dem Mittagessen wieder zur Bank am See zu kommen, wo ich Herrn Horvath treffen würde. Ich sah ihn schon von weitem dort sitzen. Wir begrüßten uns wie zwei vertraute alte Bekannte und lächelten einander zu.

„Fühlen Sie sich auch so leicht und beschwingt an diesem wunderschönen Sommertag?" Er erhob sich von der Bank und reichte mir die Hand.

„Ja, ich fühle mich einzigartig gut, und freue mich schon darauf, nun Ihre Tochter kennenzulernen," strahlte ich ihn an.

„Ja, ja, meine Anci! Als junger Vater hatte ich leider zu wenig Zeit für sie, nur wenn ich auf Urlaub zuhause war. Meine Soldatenuniform mochte sie überhaupt nicht. Erst, wenn ich sie abgelegt hatte, kuschelte sich mein Mädchen auf meinen Schoß und erzählte mir, was sie alles erlebt hatte, besonders mit unserem großen Hirtenhund. Am liebsten war sie im Garten bei den Blumen. „Komm," sagte ich oft, „jetzt gehen wir in den Garten und schauen, ob es schon Erdbeeren gibt," und später dann, ob die Melonen und Trauben schon reif sind. Sie hatte Freude an allem, wenn sie nur bei mir sein konnte.

So ging das fast drei Jahre. Ich war immer restlos glücklich, wenn ich zuhause auf Urlaub sein konnte.

Ungarn hatte sich schon 1941 mit dem Deutschen Reich verbündet, und ich als Volksdeutscher sollte der Wehrmacht beitreten. Als Gegner des Naziregimes wollte ich das auf keinen Fall. Ende September 1944 bekam ich zwei Wochen Heimaturlaub. Inzwischen hatte sich die russische Front gefährlich schnell mit schlimmen Greueltaten an der eroberten Bevölkerung von Osten her genähert. Ich befürchtete die baldige Eroberung unserer Heimat und versuchte, meinen Schwiegervater zur Flucht zu überreden. „Die Russen werden grausam

Rache an der deutschen Bevölkerung verüben für die Greueltaten, die die Reichsdeutschen in den vergangenen Jahren an der russischen Bevölkerung begangen haben."

Ich selbst war in einem gewaltigen Gewissenskonflikt. Sollte ich mit meiner Familie flüchten und von der ungarischen Armee desertieren oder zur deutschen Wehrmacht gehen. Doch das wollte ich auf keinen Fall. In dieser Situation überraschte mich Schwiegervater plötzlich, als er sagte, er würde nicht flüchten, so schlimm werde es schon nicht werden. Verzweifelt schrie ich ihn an: „Dann nehm' ich mein Kind und flüchte mit ihm allein." Als er sah, dass es mir ernst damit war, lenkte er ein, und wir spannten Getreidetücher über zwei Wagen und packten Bettwäsche und Lebensmittel ein. Das kostbare Herendporzellan und das Silberbesteck vergruben wir im Garten.

Am 9. Oktober 1944 verließen meine Schwiegereltern mit Tochter und Enkeltochter auf zwei Planwagen mit 5 Pferden in einem langen Flüchtlingstreck unsere Heimat.

Großvater Heinrich war noch einmal zu einer letzten Verabschiedung gekommen und meinte, „Desertieren ist in deiner Situation das Richtige. Aber dazu gehört Mut. Deiner Großmutter und mir wird schon nichts geschehen. Ich war nie bei den Pfeilkreuzlern." Eine Umarmung, ein letztes Servus, er drehte sich um und ging verhaltenen

Schrittes nach Hause, es würde ihm schon nichts geschehen.

Doch, es sollte anders kommen. Meine Großeltern wurden als Volksdeutsche mit der Begründung, die Deutschen hätten den Krieg begonnen, gefangen genommen und ins Todeslager nach Gakovo gebracht, wo beide elendiglich verhungerten.

Bevor ich mich selbst auf den Weg machte, schüttete ich den Hof voll mit Getreide und ließ alle Tiere aus den Ställen frei. „So, Ihr Lieben, das müsste für eine Weile reichen!" Für Josci, den Hund, hatte ich Fleisch in der Remise bereitgestellt.

„Das ist für dich, Josci, pass' auf alles auf und verteidige es gegen die Russen!" Seine Verteidigung war später durch die Gewehrsalve eines Soldaten schnell zu Ende.

Ich schloss das Hoftor ab und ritt mit meinem Pferd Gidran zu meinem Freund Ferenc. Gemeinsam desertierten wir in eine ungewisse Zukunft. In den nächsten Monaten lernten wir, uns geschickt und unbemerkt zu verstecken und uns durch Erbetteln und auch Stehlen von Lebensmittel am Leben zu erhalten.

Meine Gedanken waren immer bei Anci. Ich versuchte, mich nach dem Flüchtlingstreck aus meinem Heimatdorf durchzufragen. Meine Sorge, dass er beschossen worden sein könnte, war übergroß. Oft glaubte ich, dem richtigen Treck auf der Spur zu sein, und dann war es doch nicht der richtige. Es waren so viele unterwegs. Die Informationen waren sehr widersprüchlich. Einmal erfuhr ich, er sei schon in Wien und könnte bald weiter nach Deutschland fahren, und dann wieder, nein, er sei nach Norden, in Richtung Schlesien abgebogen.

Wenn meine Sehnsucht nach Anci nicht so groß gewesen wäre, hätte ich aufgegeben und nur aufgepasst, dass mir nichts passiert. Kurz vor Weihnachten berichtete mir ein Flüchtling aus Rumänien, der ganze Treck sei in Viehwaggons verladen worden mit Ziel Niederschlesien. Ich gab nicht auf, mich immer wieder nach dem Treck, in dem mein Kind war, durchzufragen.

Zwei Tage vor Weihnachten steckte mir ein Schlesier einen Zettel zu, auf dem stand nur „Ebner, Liegnitz".

„Lieber Gott, mach mir das Weihnachtsgeschenk, einmal kurz mein Kind in meinen Armen zu halten," flehte ich.

Am 1. Weihnachtsfeiertag frühmorgens klopfte ich an eine Haustür mit dem Namensschild „Ebner".

Herr Ebner sah mich fragend an und sagte: „Großeltern, eine junge Frau und ein Kind?"

„Ja, ja," brachte ich vor Freude nur stockend heraus. Er führte mich in eine Scheune, wo meine Schwiegereltern und meine Frau auf Stroh lagen. Meine Frau weinte vor Glück.

„Wo ist denn Anci?" Ich schaute mich um. Da

fasste mich Herr Ebner am Ellbogen: „Kommen Sie!" Er führte mich ins Wohnhaus, eine steile Stiege hinauf, klopfte an eine Zimmertür und stieß sie auf und rief. „Meine Kleine, hier ist dein Papa!" Ich konnte gar nicht schnell genug schauen, da hing meine Tochter wie ein Äffchen an mir. Vor Freude und Glück weinend hielt ich sie fest umschlungen und ging so mit ihr die Stiege hinunter. Meine Frau und Schwiegereltern warteten schon unten. Dann lagen wir uns alle zusammen in den Armen.

Frau und Herr Ebner schauten sich ergriffen an. Sie freuten sich mit uns und luden uns zum Frühstück ein, das für uns eine Bescherung war. Marmelade und Honig, selbst geschlagene Butter aufs Brot, hatten wir schon monatelang nicht mehr zu essen gehabt. Danach gingen sie alle gemeinsam, ohne mich, in den Weihnachtsgottesdienst. Anci wollte mich nicht loslassen und klammerte sich immer wieder fest an mich und bat: „Dati, du darfst nicht weggehen. Jetzt bleiben wir alle zusammen."

„Wissen Sie, was das Schlimmste an diesem Tag für mich war?"

Ich schüttelte den Kopf.

„Zu wissen, dass ich mich wieder verstecken und am Abend davonreiten musste.

Als es Nacht wurde, nahm ich Anci auf meinen Schoß, streichelte sie und sagte: „Nicht traurig sein, ich muss mich verstecken, sonst erschießen sie mich, wenn sie mich finden. Nicht weinen, Anci, der Krieg ist bald aus. Dann werden wir alle für immer zusammen sein." Aber sie weinte doch, und als meine Frau sie wegnehmen wollte, wehrte sie sich und strampelte wild um sich. Nur unter Tränen konnte ich mein Pferd satteln. Anci riss sich erneut von meiner Frau los und umklammerte meine Beine mit unbändiger Kraft. Mein Schwiegervater riss sie von mir weg, ich schwang mich schnell auf Gidran und ritt in Windeseile davon.

Die russische Front näherte sich sehr schnell. Nun mussten auch die Einheimischen fliehen. Die restlichen Lebensmittel wurden verteilt oder auch geplündert, und unter unmenschlichen Bedingungen, in klirrender Kälte bewegte sich ein riesiger Flüchtlingsstrom von Schlesiern und Flüchtlingen aus Südungarn in Richtung Süden und Westen. Ich hatte in dem Riesentumult nicht mehr erfahren können, wo meine Familie war.

Es ist spät geworden. Ich mache es jetzt kurz. Anfang Mai 1945 ging der Krieg zu Ende, und ich konnte mein Kind, meine Frau und meine Schwiegereltern in Niederbayern erneut in die Arme schließen."

Ich hatte während Herrn Horvaths Erzählung auf den weiten See geschaut und stellte mir dabei die einzelnen Bilder seines Lebens vor. „Was für ein Leben" dachte ich und wurde in der darauffolgenden Stille aus meinen Vorstellungen geweckt.

Herr Horvath schluckte und fragte unvermittelt: „Sehen wir uns morgen wieder?"

„Ja, gerne," sagte ich, denn ich wollte unbedingt wissen, wie sein Leben weiterging. „Haben Sie vielleicht Fotos?" schob ich noch nach.

„Ich werde morgen welche mitbringen," sagte er knapp, dann „Servus" und ging.

Am nächsten Tag sagte ich Herrn Horvath, dass mein Urlaub bedauerlicherweise am Wochenende zu Ende ginge und ich dann leider wieder abreisen müsste.

„Das ist aber schade", meinte er, „ich habe Sie inzwischen richtig liebgewonnen. Ich werde nun etwas abkürzen und zeige Ihnen erst einmal die Fotos." Das erste Foto zeigte Anci in einem seidenen Kleidchen stehend in einem Kinderwagen mit Rolldach und Seitenfenstern. Er nahm das zweite: das ist in Niederbayern, wo wir bei einem Bauern einquartiert waren. Selbst die Kinder mussten schon kräftig auf den Feldern mitarbeiten. Nach einem Jahr wurden wir in einer Kleinstadt in der Nähe von Heidelberg bei einem Pferdehändler untergebracht. Wir hatten inzwischen in Bayern noch einen kleinen Sohn bekommen und lebten zu sechst in zwei kleinen Zimmern, die unser Hauswirt von seiner Hauptwohnung an uns abtreten musste. Als Küche wies man uns eine Waschküche ohne Heizungsmöglichkeit am anderen Ende des großen Hofes zu. Eine Toilette in einem Bretterverschlag, die wir mit acht weiteren Hausbewohnern teilen mussten, befand sich ebenso auf dem Hof, neben einem Misthaufen.

Um zu etwas Geld zu kommen, machte ich mit meinen Pferden Fuhren für Kleinunternehmer und Handwerker. Lastwagen gab es zu der Zeit nach dem Krieg kaum. Ein Bauer stellte eine Kuh in den Stall des Pferdehändlers, die meine Schwiegermutter melken sollte und dafür anteilig Milch bekommen. Mit dieser Milch und Kartoffeln, die wir nur selten braten konnten, hielten wir uns fast zwei Jahre am Leben. Meine Schwiegereltern bekamen nach zwei Jahren eine kleine Rente, mit der wir nach der Währungsreform wieder Lebensmittel in den Geschäften kaufen konnten.

Er zeigte mir ein weiteres Foto. Auf der Rückseite stand: mein erster Schultag.

„Anci kam in die Schule. Sie war eine sehr gute Schülerin, wurde aber von ihrem Lehrer in der Volksschule „Zigeuner" und „Flüchtling" beschimpft und bekam nie ein gutes Zeugnis.

Inzwischen war meine Frau zum dritten Mal schwanger geworden. Ihre Mutter zwang sie fast zur Abtreibung, aber ich wollte das auf keinen Fall haben. Es waren schon viele Frauen durch sogenannte „Engelmacherinnen" gestorben. Meine Schwiegereltern machten mir mit Vorwürfen über meine Verantwortungslosigkeit, noch einmal ein Kind in die Welt zu setzen, die Hölle heiß. Ich war öfters in Angst, dass ich nervlich zusammenbrechen würde.

Aber in solchen Situationen halfen mir oft meine neu gewonnenen Freunde, mich wieder aufzurichten.

Wir bekamen dann noch einmal ein Mädchen.

Anci war inzwischen zehn Jahre alt geworden und flehte mich an, die Aufnahmeprüfung fürs Gymnasium machen zu dürfen. Ich stimmte zu, obwohl das Gymnasium Schulgeld kostete und ich nicht wusste, woher ich das Geld nehmen sollte. Aber sie legte die zweitbeste Aufnahmeprüfung ab, und ich war stolz auf sie.

Ihre Kindheit war keine leichte Zeit für sie. Nach der Schule musste sie auf ihre kleinen Geschwister aufpassen, Geschirr und Kleidung per Hand waschen und bügeln. Die Erwachsenen wurden alle gebraucht für die Rodung von Bäumen, wo wir mit Genehmigung der Stadt in dem so entstandenen fruchtbaren Boden eine kleine Landwirtschaft beginnen durften.

Anci schickte ich auch oft mit Rechnungen zu den Kunden, für die ich noch Fuhren machte, und sie schaffte es, immer mit Geld nach Hause zu kommen.

Mit einem Riesendarlehen der Landesbank kaufte ich zwei Jahre später einen alten Bauernhof und begann, mit tatkräftiger Hilfe meiner Schwiegereltern eine richtige Landwirtschaft.

In dieser gesamten Zeit von inzwischen sechs Jahren vermisste ich immer stärker eine Frau, die

mir wohlgetan hätte oder ein einigermaßen „Du"
auf Augenhöhe gewesen wäre. Ich war ja schließlich auch ein ganz normaler Mann mit natürlichen
Bedürfnissen und war so glücklich, als ich eine Frau
kennenlernte, die meine Gefühle erwiderte.

Meine sensible Anci, die immer noch unter
den zeitweisen hysterischen Anfällen ihrer Mutter
zu leiden hatte, bat mich eines Tages: „Bitte, Dati,
lass Dich scheiden und heirate Gerda. Ich will eine
andere Mutter haben." Ich versuchte, ihr zu erklären, dass das zur Folge hätte, dass sie und ihre Geschwister wegen ihrer kranken Mutter, bestimmt in
ein Heim kämen.

Enttäuscht drehte sich mein Kind von mir weg.

„Entschuldigen Sie bitte," sagte er nach einer
längeren Pause, „ich bin jetzt sehr erschöpft. Die
Erinnerungen belasten mich mehr als ich dachte. Ich möchte jetzt gehen. Sehen wir uns morgen
noch einmal?"

„Ja", erwiderte ich ergriffen, ich werde morgen
wieder kommen. Ich habe noch zwei Tage hier bis
zu meiner Abreise."

Er stützte sich auf seinen Gehstock und stand
mühsam auf. Er erschien mir auf einmal sehr klein
und schmächtig, wie er so mit langsamen Schritten
in seiner viel zu weiten Hose unter einer dunkelblauen Sweatjacke in der weichen Luft des Som-
mersonnenscheins nach Hause ging.

„Was wird er mir morgen erzählen? Wie ist sein

Leben wohl weitergegangen?" fragte ich mich auf meinem Rückweg zum Hotel.

Als ich am frühen Nachmittag des nächsten Tages, wie schon gewohnt, zum See ging, sah ich ihn wieder von weitem sitzen. Er schaute in meine Richtung, erkannte mich, stand auf und kam mir ein paar Schritte entgegen.

„Was für ein schöner Tag! Ich kann Ihnen gar nicht sagen, wie sehr ich mich freue, Sie wiederzusehen!"

„Die Freude ist ebenso meinerseits."

Wir gingen zu „unserer" Bank und schauten beide zum anderen Ufer des Sees. Herr Horvath drehte sich kurz mir zu und begann:

„Ja, ich hatte einen Neuanfang gewagt. Das war aber nur durch die große Mithilfe meiner Schwiegereltern möglich. Wir lebten alle zusammen in einem Haushalt, Schwiegermutter führte das Regiment. Sie bestimmte alles und vor allem ihre Tochter. Der Zusammenhalt und die Zusammenarbeit in der Großfamilie waren intensiv und so konnte ich gute Ernteerträge erzielen. Ich hatte im Gesangs- und Reiterverein viele Freunde gefunden und fühlte mich „angekommen in meiner neuen Heimat."

Meine Beziehung zu der anderen Frau hatte ich aufgegeben, da ihr meine gesamte Familiensituation zu anstrengend geworden war und unsere Auseinandersetzungen deswegen für beide nicht mehr tragbar waren.

Anci war glücklich auf dem Gymnasium und sowohl bei Mitschülern als auch Lehrern beliebt. Ich war stolz auf sie, wie sie alles ohne irgendeine Hilfe allein meisterte. Sie wurde sogar nach der 10. Klasse von einer englischen Austauschlehrerin eingeladen, die Sommerferien bei ihr zu verbringen. Zum Erstaunen vieler Nachbarn und entgegen allen Einwänden meiner Schwiegereltern, erlaubte ich ihr das. Sie kaufte sich eine Fahrkarte und fuhr allein mit der Bahn und dann mit der Fähre nach London. Ich war, wie schon gesagt, sehr stolz auf sie. Vier lange Wochen erfuhr ich nur durch Briefe, wie es ihr ging, denn Telefone gab es kaum. Für sie tat sich eine ganz neue Welt auf. Ein Jahr später wurde sie von ihrer französischen Brieffreundin nach Paris eingeladen, von wo sie begeistert von der Offenheit, Gefühle zu zeigen und sich überall öffentlich zu küssen, zurückkehrte.

Doch bald danach, wenige Monate vor dem Abitur, enttäuschte sie mich unsäglich. Ich bemerkte, dass sie sich heimlich mit einem Jungen traf, den ich aus den beiden Vereinen, denen ich angehörte, kannte. Er hatte nur eine einfache Schulbildung und würde ihr bildungsmäßig nie das Wasser reichen können. Sie zeigte zwar Verständnis für mein Besorgtsein, traf sich aber weiter mit ihm. Sie liebte ihn über alles.

Nach dem Abitur begann sie ein Sprachenstudium. Ihr Freund weigerte sich, den Bauernhof seines

Vaters zu übernehmen. Er wollte lieber Häuser planen und meldete sich auf einer Ingenieurschule in Berlin an. Anci hatte inzwischen ihr Sprachenstudium mit dem Dolmetscherexamen abgeschlossen. Die beiden wollten heiraten und in Berlin ein neues Leben beginnen. Das haben sie auch gemacht. Für mich war das wieder eine lange Trennung von meiner Tochter. In der Zwischenzeit hatte ich auch meine Bedenken wegen des Bildungsunterschieds aufgegeben und dachte „Na ja, wenn Kinder eine gebildete Mutter haben, ist das auch nicht verkehrt."

Mein Schwiegersohn absolvierte erfolgreich die Ingenieurschule und bekam sofort eine Stelle bei einer damals sehr bekannten Architektin. Sie konnten uns nur zweimal im Jahr besuchen und erzählten viel von ihrem spannenden Leben in der geteilten Stadt. Drei Jahre nach der Hochzeit bekam Anci mein erstes Enkelkind, ein Mädchen, und eineinhalb Jahre später einen Jungen. Heimfahrten waren wegen der vielen schikanösen Grenzkontrollen mit zwei Kindern noch seltener geworden.

Inzwischen hatte auch mein Sohn geheiratet. Ich hatte einen ganz neuen Bauernhof außerhalb der Stadt gebaut und meinen Betrieb noch erweitert.

Meine Schwiegereltern lebten auch auf diesem Hof mit uns.

Er schwieg und schaute wieder in einem weiten Bogen über den See. Ich sah, dass ihn etwas bedrückte.

„Am liebsten würde ich jetzt aufhören,“ sagte er leise und wie zu sich selbst.

Am Himmel waren dunkle Wolken aufgezogen. Sie drohten ein Gewitter an.

„Aber wir sehen uns doch morgen noch einmal, oder nicht?“ schaute ich ihn fragend an. „Dann hätte ich auch gerne Ihre Anschrift. Ich schreibe Ihnen, bestimmt!“

Als wir uns am nächsten Tag trafen, fasste er in die Brusttasche seiner Jacke und hielt mir einen kleinen Zettel entgegen. „Sie wollten doch meine Anschrift haben.“

„Sehr schön, das freut mich. Ich werde Ihnen schreiben.“

„Das würde mich freuen,“ strahlte er mich an.

„Nun, gestern hatte ich Ihnen ja noch gesagt, dass mein Sohn auch bald heiratete. Seine Schwiegereltern halfen auf dem Hof kräftig mit. Aber nach sieben Jahren setzten sie mich unter Druck, ich sollte den Hof meinem Sohn überschreiben, andernfalls würden sie nicht mehr auf dem Hof mitarbeiten. Ich informierte meine beiden Töchter darüber und bat sie gleichzeitig, auf ihren Pflichtteil zu verzichten, damit mein gerade erst erbauter Hof nicht geteilt werden müsste. Sie hatten nichts dagegen. Anci stellte aber sicher, dass meiner Frau und mir eine Leibrente ausbezahlt werden würde.

Kurz nach dem Notartermin teilte mein Sohn seinen beiden Schwestern mit, dass ihre Anwesenheit auf seinem Hof nicht mehr erwünscht sei. Und dabei hätte er ihnen doch für ihren Verzicht dankbar sein müssen. Ich hatte es so gern allen meinen Kindern recht machen wollen.

Ab diesem Zeitpunkt wurde mein Leben für mich zeitweise seelisch fast unerträglich. Auch gesundheitlich ging es mir immer schlechter. Starke Hüftschmerzen zwangen mich zu einer Operation. Dabei wurde leider ein Hauptnerv so stark verletzt, dass ich mich nur noch mit Rollator fortbewegen konnte. Es folgten zwei langwierige Rehas. Aber danach konnte ich lange nur mit Krücken gehen, und nun nicht mehr ohne meinen Gehstock. Nach dem Tode meiner Frau war ich nur noch eine Last für die Familie meines Sohnes. Ich konnte ja auch nicht mehr Auto fahren und musste überall nur widerwillig hingefahren werden. Der Bauernhof lag so weit außerhalb. In dieser Atmosphäre konnte ich nicht mehr zuhause bleiben. Ich zog ich es vor, in das Seniorenheim hier zu gehen, das ich durch Verwandte kennengelernt hatte.

Anci ist zwar vor einem Jahr wieder von Berlin zurückgekommen, aber da hatte ich schon den Heimplatz hier. Meine andere Tochter wohnt in einer bergigen Gegend, wo mir das Gehen schwergefallen wäre.

Ich hätte mir einen schöneren Lebensabend

gewünscht, nach allem, was ich in meinem Leben durchmachen musste, und auch etwas mehr Dankbarkeit von meinem Sohn. Sie reisen morgen ab, und ich werde zurückbleiben mit der schönen Erinnerung an Sie.

Wir standen beide auf, umarmten uns, aber dann entschied ich plötzlich: „Ich werde Sie nach Hause begleiten. Wir umarmten uns noch einmal zum Abschied in der Empfangshalle des Seniorenheims, und ich ging gedankenverloren in mein Hotel. „Werde ich ihn in einem Jahr wiedersehen?"

Das Jahr verging. Ich freute mich schon auf das Wiedersehen. Wir hatten uns oft geschrieben, aber im Lauf der Zeit war es von seiner Seite immer weniger geworden.

Nun freute ich mich auf das Wiedersehen mit diesem interessanten, alten Herrn. Ich hatte mein Zimmer wieder in demselben Hotel gebucht und Herrn Horvath meinen Ankunftstag mitgeteilt, und dass ich am darauffolgenden Tag bei unserer Bank sein würde.

Um 14.00 Uhr war ich bei der Bank, aber Herr Horvath nicht. Ich wartete und wartete. Als er nach einer Stunde noch nicht gekommen war, beschloss ich, ihn im Seniorenheim zu besuchen.

Die Empfangsdame sagte nur kurz: „Zimmer 110, es ist schon jemand da."

Auf mein Klopfen öffnete eine gepflegte Dame, im Alter von etwa 60 Jahren. Sie fragte: „Sie wünschen?"

„Ich möchte gern Herrn Horvath besuchen."

„Mein Vater ist leider vor 10 Tagen verstorben. Ich bin dabei, die Wohnung hier aufzulösen." Sie kämpfte gegen Tränen an.

„Sind Sie seine Tochter Anci?" Sie schaute mich erstaunt an.

„Und Sie die nette, junge Dame, die letztes Jahr hier Urlaub machte, und die er so liebgewonnen hatte!?"

Ich nickte und stammelte: „Das tut mir aber

leid. Woran ist denn Ihr Vater gestorben?"

Ich fühlte mich plötzlich schwach und fasste schnell nach der Sessellehne.

Sie bot mir einen Platz an.

„Es kam alles so unfassbar überraschend. Ich war viel zu wenig für ihn da gewesen. Ich habe ihn einfach nicht gesehen. Er hätte mich so sehr gebraucht. Entschuldigen Sie, es war alles sehr, sehr viel. Ich will mich nun aber bemühen, der Reihe nach zu erzählen.

Ich war vor vier Wochen mit meiner Schwester zu einem Kurzurlaub nach London geflogen. Am Tag meiner Rückkehr wurde ich von der Verwaltung hier angerufen, dass mein Vater wegen eines Herzinfarkts ins Krankenhaus gebracht werden musste. Sein Zustand sei bedenklich. Ich fuhr sofort hier her. Er lag im Koma, sechzig Prozent seines Gehirns waren bereits tot, da war keine Reaktion. Ich ließ ihn nicht mehr allein.

Nach fünf Tagen kam auch meine Schwester. Wir wechselten uns an seinem Bett, auf der Intensivstation, ab. Nach acht Tagen machte mich die Krankenschwester darauf aufmerksam, dass der Monitor ausschlug, wenn ich zu ihm sprach. Er musste mich also, ihrer Erfahrung nach, wahrnehmen. Aus ärztlicher Sicht war eine Verbesserung seines Zustandes ausgeschlossen, weshalb er in die Geriatrische Klinik verlegt werden sollte. Ich wollte das auf keinen Fall und flehte den Chefarzt bei der

Visite an, ein weiteres MRT anzuordnen. „Das tut mir leid, es ist zwecklos", gab er kurz zurück und das Ärzteteam verließ das Zimmer.

Ich wandte mich wieder meinem Vater zu und vermeinte, ein Zucken seines linken Auges wahrzunehmen. Und da sickerte auch schon eine Träne aus seinem Auge und dann Tränen aus beiden Augen. Voller Freude machte ich das Visiteteam ausfindig. „Kommen Sie schnell", sagte ich zum Chefarzt, „mein Vater weint!" Ungläubig folgte er mir, betrat das Zimmer und sagte, erstaunt den Kopf schüttelnd, „Das ist ein Phänomen!" und ordnete das MRT für den darauffolgenden Montag an.

Ich war überglücklich, fuhr ins Seniorenheim und holte seinen Kassettenrekorder mit seiner Lieblingskassette dem „Rakoczy-Marsch", der geheimen ungarischen Nationalhymne. Ich drückte auf „Repeat" und ging, erleichtert über diese positive Wendung, mit meiner Schwester, eine Kleinigkeit essen in der Cafeteria des Krankenhauses. Plötzlich schaute meine Schwester über meinen Kopf hinweg. Ich drehte mich um. Die Krankenschwester der Intensivstation stand hinter mir.

„Ihr Vater ist soeben mit seiner Musik gestorben. Mein Beileid." Ihre Stimme war vor Mitleid immer schwächer geworden.

Auch wir beide schwiegen ergriffen und drückten uns, gegenseitig Trost suchend.

„Wie schön, Sie haben ihm geholfen, mit seiner

Musik zu gehen!" Ich fasste nach ihrer Hand.

Sie schaute mich an. „Ja, meinen Sie?" fragte sie zögerlich. „Ich hätte viel öfters für ihn da sein sollen. Ich habe ihn nie genug gesehen, wie er war, in all' seiner Bedürftigkeit, wie sehr er mich geliebt hat und mich gebraucht hätte. Ich werde nie seine letzten Worte vergessen, als ich mich vor dem London-Flug von ihm verabschiedete. Er sah mir in die Augen und sagte: „Du gehst halt fort!" Das schmerzt mich immer noch so sehr! Ich ging, für ihn, zu oft weg."

Ein Film von Bildern über das Gehörte lief in mir ab. Was für eine wunderbare Frau!

Wie von weit her, hörte ich mich fragen: „Kann ich Ihnen beim Räumen hier behilflich sein?"

„Ja, gern. Vielen Dank!"